浣熊

The Raccoon

葛亮

中信出版集团·北京

图书在版编目（CIP）数据

浣熊 / 葛亮著 . -- 北京：中信出版社，2017.10（2017.12 重印）
ISBN 978-7-5086-7485-8

I.①浣… II.①葛… III.①短篇小说－小说集－
中国－当代 IV.① I247.7

中国版本图书馆 CIP 数据核字（2017）第 096151 号

本书由北京玉流文化传播有限责任公司及作家葛亮正式授权，由中信出版集团股份有限公司出版中文简体字版本。非经书面同意，不得以任何形式任意复制、转载。

浣 熊

著 者：葛 亮
出版发行：中信出版集团股份有限公司
　　　　　（北京市朝阳区惠新东街甲 4 号富盛大厦 2 座 邮编 100029）
承 印 者：北京通州皇家印刷厂

开 本：880mm×1230mm 1/32 印 张：9.5 字 数：170 千字
版 次：2017 年 10 月第 1 版 印 次：2017 年 12 月第 2 次印刷
广告经营许可证：京朝工商广字第 8087 号
书 号：ISBN 978-7-5086-7485-8
定 价：48.00 元

版权所有·侵权必究
如有印刷、装订问题，本公司负责调换。
服务热线：400-600-8099
投稿邮箱：author@citicpub.com

这城市的繁华，转过身去，仍然有许多的故事，是在华服包裹之下的一些曲折和黯淡。当然也有许多的和暖，隐约其间，等待你去触摸。任凭中环、尖沙咀如何"忽然"，这里还是渐行渐远的悠长天光。山下德辅道上电车盘桓，仍然也听得见一些市声。

——葛亮

目 录

自序 / I

浣熊 / 1

猴子 / 39

龙舟 / 73

杀鱼 / 97

街童 / 145

退潮 / 193

告解书 / 211

德律风 / 237

自　序

浣城记

若干年前,看韦伯的《猫》,颇为感叹。美轮美奂在其次,更吸引我的,是对人类法则的模拟与些许的抗拒。在城市的某一个角落,这些动物聚集与歌舞,并以一个独特的名字表达尊严。它们极度仰慕权威与守护,也在背叛与漫长的和解中经历成长。然而,当它们终于对这世界感到厌倦,一条云外之路(Heavy Side Layer)将成为重生之始。这是人类望尘莫及的归宿。

我始终相信,我们的生活,在接受着某种谛视。来自于日常的一双眼睛。一只猫或者一只鹦鹉,甚至是甲虫或是螃蟹。卡夫卡与舒尔茨让我们吓破了胆,同时感到绝望。我们不知道下一秒钟会变成什么模样,更糟糕的,是在活得最兴味盎然的时候分崩离析。城市人更是如此,诚惶诚恐,想象着自己站在过于密集的行动链条的末端,时刻等待着有一只蝴蝶，在遥远的大洋彼岸扇动翅膀。这就是我们被决定的命运。

在一次台风过境之后，终于提笔，写我生活的城市。这场台风以某种动物为名，因为其行动的迅捷，且路径奇诡。它为岛城带来了强风与丰沛的雨，也带来了不期而遇。

说起来，这城市并不缺乏相遇，大约由于地缘的汇集拥促，或者源生流徙的传统。相遇而有了故事，有了关于时间的见证。见证别人，也见证自己。在每一个时代的关隘，彼此相照，不再惝惝惶惶。因此，历史的因缘，几乎成为人与城市遇见的轨迹。百来年前，有个叫作王韬的人，抱着避祸之心，来到了这个被他称为"蕞尔小岛"的地方。来了便不走了，作文章，办报纸。老了，终究要回去。在这城市留下的足迹，却带不走。人生的逸出，这便不是宿命，是奇遇。

又过了许多年，这城市被另一人写成了书。依然写相遇，遇的是时世的变迁，翻手为云，覆手为雨。这人叫作张爱玲。在港大读书时，听了一些往事，有关这位命运多舛的校友。身历艰辛的光景，留一点物欲的贪恋，聊作安慰。半个世纪前的无奈与苍凉，倏然定格于倾城，绵延至今。无从说起，"一些不相干的事"，命为《传奇》。

传奇终有些英雄落寞，若诞生于日常，伤感也随之平朴。都是旧事，如今的传奇是个壳。这城市的底里，已传而不奇。一如它的华美，是给游客展示的专利。经历了世纪末的节点，岛上的新旧人事，众声喧哗。看似热闹了些，内里却其实有些黯淡。新的是时日，旧的是自己。做的，多是观望，带着夜行动物的表情，目以心静。

这书中写的，是在观望中触到的冷暖，一些来自经年余烬，一些是过客残留的体温。也有许多的怅然，只因物非人是。不期然间，这城市的轮廓在慢慢地改变，愈见狭长的港口，和蜿蜒无尽的海岸线。

小说香港，为这些年的遇见。

壬辰年冬于香港

浣熊

You were just another sideshow
in a back street carnival
I was walking the high wire
and trying not to fall
Just another way of getting through
anyone would do, but it was you
You were just another sideshow
and I was trying not to fall

——Allan Taylor, *Color to the Moon*

一

她站在地铁站的出口，有些无措。

路人已经走得缺乏章法，有的终于奔跑起来。眼前一只麦当劳纸袋随风滚动，跟着行人身后亦步亦趋，最后在雨的击打下疲软，停在了街道尽头的斑马线上。雨似乎比刚才更大了一些。

她所在的地方，远远还眺得见时代广场的巨型荧屏。曾姓政府长官在接受采访，就奥运圣火遇袭的事情发表声明。镜头忽然一转，面目严正的女主播出现，屏幕左上角是个巨大的"T3"。

热带风暴"浣熊"，带来恶劣天气，天文台发出今年首个红色暴雨警报。澳门下午挂出八号风球。港澳喷射船停航。预计"浣熊"下午在阳江附近登陆。傍晚集结在香港以西约一百五十公里，预料向东北移动，时速约十八公里。进入广东内陆，天文台预测，间中仍有狂风雷暴。

她身旁的中年男人蹲下来，一只帆布包搁在地上。包带上烫着殷红的三角，这是本港著名快递公司的标识。中年男人将制服上的扣子解开。汗馊味灼热地氤出来。她侧过身子，避了一避。听到男人小声地叹了一口气，说，黐线①天文台。澳门挂咗八号，唔使返工。我们就挂三号。同人不同命，仆街②得喇。

这时候天上无端响过一声雷。雨如帷幕遮挡下来，铺天盖地。身旁的阿伯情绪失控，放大声量继续谩骂。她站在这幕后，心情却由焦躁突然安静。外面的世界，终于可以视而不见。

这是这份工作的第十五天，一无所获。她开始盘算月底如何利用五千五的底薪度日。想一想，又有些庆幸，终于没有淹没在大学毕业生的失业潮里。许是她做人的好处，永远有一道值得安慰的底线。这底线令她退守了二十三年。

所有的景物都渐渐模糊，成为了流动的色块。只有一种风混着液体回旋的声响。她闭了眼睛，听这声音放大，再放大。

风突然间改了向，鼓荡了一下，灌进来。有人在慌乱间打开了雨伞，雨点溅到她的小腿上，一阵凉。她在失神间一

---

① 粤语粗口，意即"神经病"。——编者注
② 仆街是广东话中一句很常见的脏话。——编者注

个激灵，同时发现手里的传单掉落在地。一些在一瞬间被打得半湿。有一张，向地铁站的方向飘浮了一下，她去追。在快要捉住的时候，传单却给人仓促地踩上一脚。那脚怯怯地往后缩了一下。她捡起来，纸张滴着水，浓墨重彩成了肮脏的颜色。

对不起。她听到厚实的男人的声音。略略侧了一下脸，看到了一只茂盛的黑色鬓角。

她没有说话，站起身，将这张传单扔进了近旁的垃圾桶里。然后慢慢向地铁出口的地方走回去。

她把手里的单张用纸巾使劲擦了擦，又重新整理了一下，取出塑料封套裹上，码码紧，放回包里去。包被她捧在胸前，过于大。令她的身形，显得更小了些。

这时候，她看到一只手伸过来，手里捏着一张传单。

这张是干净的。

她听到。然后看到刚才的黑色鬓角，停顿了一下，看清楚了一张脸。是一张黧黑的男人的脸。

这样肤色的脸在这城市里并不少见。这城市有很多东南亚裔的人。印度，斯里兰卡，巴基斯坦，菲律宾。他们早已与这里水乳交融，同生共气。

但这张脸有些不同。她回一回神，终于发觉原因。问题出在细节。

通常，拥有这样肤色的人，面目往往是热烈的。他们的深目高鼻，微突的颧骨和下颌，都在将这种热烈的表情变得更为具体。而这张脸，具备所有的这些特征，却都略略收敛了一些。感染力由此欠奉，并且和缓了下去。粗豪因而蜕变，走向了精致一路。

好在棱角留了下来。她心里想。

嗨，你还好吗？发现这张脸俯下来，有些忧心忡忡地看她。

她接过传单，顺便说了声，谢谢。

对方说"不客气"，用不太标准的广东话。

雨没有要停的迹象，甚至在已经黯淡的天色里面，有些变本加厉的意思。地铁站出口处的人，逐渐多了。大都是躲雨的，其实都知道等得有些无望。天文台虽然不太可信，但叫作"浣熊"的台风，来势汹汹，已没有人会怀疑。人们抱怨了一下，还是等。等着等着继续抱怨，却没有去意。人声开始嘈杂，在她耳里成为低频的嗡嘤。

她有些头痛，却不能走。地铁站的意义之于她，是工作的阵地。

她错过眼，去看地铁近旁的一棵木槿，在雨里十分招摇。这种植物，在南方花期极早，原本已经是一树锦簇。今

浣熊　7

年却在极盛时遭遇了台风,眼下挣扎得力不从心。终于,听见"噗塌"一声,一大枝带叶齐茬折断了。

这一断,让她心里"咯噔"一下。有小孩子的声音欢呼起来。她低下头看看表,舒了口气。她想,可以收工了。

她拎起包,回转身。身边有个高大的身形,黧黑的脸庞。她意识到,是刚才那个人。他脸上的表情,有些不耐,正在看一张传单,正是她掉落在地上的一张。她这才看清楚了他,这其实是个青年人。虽然她并不善于判断异族的年龄,但还是看得出他不会超过三十岁。或许因为肤色的暗沉,会遮蔽掉一些年轻。

这时候他抬起头,她对他笑了一下。他也笑一笑,露出洁白的牙齿。然后指着传单对她说,这上面写了什么,我看不懂中文字。

是一个招聘广告。她敷衍地说。这时候,她看见他的Polo衫领口里一闪。那是一根白金颈链。上面坠着一个"A"字,用了东欧的某种字体,笔画间浅浅地隔断。这是意大利的金属镶配名家 Steve Kane 的作品,坚强中有优柔的暗示。一以贯之的风格。她看出来,同时在心里苦笑了一下。她的专业知识终于派上了用场。世道好的话,原本她有机会成为珠宝鉴定师,或许另有建树。

这是一个刮目相看的开始。

她对他说，我们，在招聘一些人才。

她尽量让自己的语气镇静，波澜不兴。

他认真地又看了传单一眼，问道，是，什么样的人才？

她从包里取出一张名片，递给他。

他接过来，看上面的字。Vivian Chan，Material Life CO. LTD.

她微笑了一下，分寸拿捏得宜。"可以这么说。我们是一间模特经纪公司。我是特派艺人联络专员。"

他的眉毛动一动，眼里似乎泛过兴奋的光芒。这么说，你是一个星探。

我做这行也是刚刚起步。她谦虚地说，但我们公司以发掘具有明星潜质的年轻人为己任。已经有多年的经验。她指着传单上一张照片说，他的第一个电视广告，是由我们接洽的。

照片上，是个在近年风生水起的男明星。

他轻轻地"哦"了一声。

她很认真地端详了他几秒，口气更为诚恳，我不知道你如何看待自己？

他回望了她一眼，显见是茫然的：我？

嗯。其实我们每个人，都未必对自己有充分的认识。特别是自己的优势。你知道么？相较于本港青年，你有一种独特的气质。就是，国际化。你知道这一点很重要。因为我们旗下的艺员，通常只代言国际品牌。太亚洲的面孔，已经饱和了。中田英寿，富永爱……人们有新的期待，还有……审美疲劳。

我不知道你说的这两个人。他摸了一把自己的脸，又挠了挠头。

我只知道乔宝宝。他突如其来地说，同时笑了。这笑容十分松散，令他的表情变得玩世。

她在心里叹了一口气。乔宝宝是这城市里最红的印度裔明星，出生于本地。纯正的香港制造，以插科打诨著称。最近穿上红斗篷，打扮成超人，代言一款壮阳药。

你和他，风格是不一样的。她试图对他这样说。他的眼神开始游离。外面的雨，似乎小了一些。人们开始撑起伞，往外走。

她看出他对她突然间的健谈有些不适应。她意识到了这一点，心里迅速有了一个决定。

她说，这样，我们公司最近接到几个品牌委托。你的外型和一支运动品的广告很适合。当然，应征者竞争很激烈，因为酬劳丰厚。如果你方便，不妨约个时间来敝公司做个

casting（试镜），打我的手机就好。

她指了指他手中的名片。他又看了一眼，说，陈小姐。

叫我 Vivian。她给他一个最 nice（亲切）的笑容。然后说，再见。

她打开伞，不动声色地走出地铁口，快步地走。她让自己走得很快，没有回头。

回到家的时候，夜已经很深。

她住在这城市的边缘。天水围，有着城市没有的安静。

站在窗台前，见远处有水的地方，一只鹳悠然地飞过去。那里是政府拨款兴建的湿地公园。

桌上搁着一煲汤，打开，是粉葛煮鸡脚。广东的女人，都会煲老火汤。母亲的创意，体现在笃信以形补形，说她在外面跑，要好脚力。

她饮了汤，冲了凉。出来的时候，听到隔壁房有粗鲁的男人声音在呵斥，是后父。或许又是因为弟弟不睡觉，半夜三更在打电动。

打开房门。这一间只有母亲细微的鼾声。她脱了鞋，轻手轻脚沿了双层床的阶梯爬上去。床还是震动了一下。

返来了。汤饮咗未？是母亲的声音。

她轻轻"嗯"了一声。母亲翻了个身，又睡过去。

浣熊　　11

她缓慢地躺下来。慢是为怕天花板撞了头。这是政府十五年前建的公屋,安置新移民。为要容纳更多的人,屋顶一色都很矮,刚可摆下一张双层床。

她睡这双层床也有十几年了。开始是和弟弟睡,弟弟睡下层,她睡上层。姐弟两个的感情,也在这床上建立起来。小时候,弟弟胆细,夜里怕。她就搂着弟弟睡,哄他,给他讲古仔。人们都说,她好像弟弟的半个阿母。

后来,姐弟两个的话,渐渐少了。再后来,眼神都有些躲闪。有一天,她推开门,看见弟弟拿着她的胸罩端详。见她进来,飞快地丢掉了。

她和弟弟分开,是中五的时候。母亲在弟弟的枕头底下,发现了一本《花花公子》。有一张被弟弟折了页。打开,是个半裸的亚裔女优。眉眼与她分外像。

母亲没声张。只是让弟弟搬去了大房间,和后父睡。自己睡到了双层床上。

小时候,母亲问她将来的心愿。

她说,我长大了不要睡双层床。

母亲苦笑,傻女,我们这样的人家,不睡双层床,难道去训街[①]?

[①] 训街,广东话,意指像流浪汉一样睡在大街上。——编者注

于是长大了，还是要睡。这四百呎①的屋，四个人，处处要将就。

她其实心里知道，家里人，都想她嫁出去。

母亲原不想，母亲疼惜她。她曾觉自己长得不好看，担心自己嫁不掉。母亲便笑，你若嫁不出，阿母养你一世。

她也疼惜母亲。家里是母亲在撑持。母亲在海鲜楼做侍应。后父做什么都做不长，不想做，领政府综援②。

现在，母亲也想她嫁出去了。半个月前，她在房里换衣服。一回身，看见虚掩的门缝后面，贴着一双眼睛。

那是一双狭长的男人的眼睛。这个家里有两个男人有这样的眼睛，一老一少。

半夜里头，是母亲压低了声量的争吵。还有呜咽。

她深深吸了一口气。

这时候，她听到了外面大风旋动的声音。雨花扑打在窗户上，瞬间绽放，然后变成黏稠的水流，颓唐地流淌下来。

---

① 1 平方呎 =0.092 平方米。——编者注
② 综援是香港的一种社会保障援助措施，其目的是以入息补助的方法，为那些在经济上无法自给的人士提供安全网，使他们的入息达到一定水平，以应付生活上的基本需求。——编者注

风越来越大。窗子上贴了厚厚的胶带。风进不来，不甘心，鼓得玻璃有些响动。突兀地响了一下，安静了。忽而又响起来。像是沙哑的人声，窃窃地说话。

她突然间想到他。

二

清早，她回到公司，就听见阿荣在抱怨。

搞清洁的锦姐走得匆忙，昨天忘记关窗户。茶水间没有人打扫。一地的雨水。还有些树叶，在水里泡成了湿黑色。

锦姐请假回了老家。台风太猛，讨海人便遭了殃。阳江有三艘渔船在西沙海域附近沉没，几十个渔民失踪。锦姐家里人没事，房子却被泥石流淹了一半。那是她一年的薪水盖起来的，说起来也是阴功。

　　与"浣熊"相关的雨带为华南地区带来狂风大雨，为香港大部分地区带来超过七十毫米雨量。在大雨影响下，天文台分别于下午六时五十四分及下午七时十分发出新界北部水浸特别报告及山泥倾泻警告。在三号强风信号下，西区摩星岭道五十号对面有大树倒塌，无人受伤。

她听着新闻，一边啃一个火腿蛋三明治。手机突然响起来。她接了。是个男人的声音，找陈小姐。她立即听了出来。

他的声音，有些黏滞。停顿间，言不尽意。

他说，他想来试镜。

她心头一热。然后用很冷静的声音说，来应征的人很多。今天的试镜时间已经排满了。

他有些失望地"哦"了一声，问她要排到什么时候。

她说，可能要到下个星期了。不过，明天上午好像有个人取消了预约。我需要查一下，看能不能帮你插进去。请稍等。

她拿着手机，面无表情地发了半分钟的呆。然后告诉他，已经查过了。十点半到十一点有一个空档。她可以帮他安排。

她问他，可以请他提供一些简单的资料么？姓名，身份证号码。

Anish Singh。他说。她听出他的声音里，有些感激。

她重复了一下这个有些拗口的名字。他说，辛赫是他的族姓。

好吧,辛赫先生。那我们明天见。

喷喷喷。阿荣在身后发出奇怪的声音。

Vivian,你真是天生吃这碗饭的,讲大话不打草稿。

她冷笑了一下,说,比起您来,差太远了。

阿荣是他们的业务部经理,至少每个星期能做成一单生意,背后被人叫作"千王之王"。

同事 Lulu 走过来,把一粒金莎朱古力放在她桌上。

阿荣哈哈大笑,说,值得恭喜。这是 Vivian 入职以来的第一位客。一大早打来公司要 casting,"水鱼"①做成这样,还真是有够专业。

他出现的时候,她还是有些意外。

他站在门口,看着她。没有要走过来的意思。

他的头发涂了厚厚的发蜡,朝后梳起。好像《教父》里的马龙·白兰度。连同他黑色的西装,以及黧黑的,略有些阴沉的脸色。

内线响起,她接了,是 Lulu。Lulu 轻声说,Vivian,好好把握。他身上的 Armani,是四月在米兰发布的新款。

---

① 粤语中称容易上当的人为"水鱼"。——编者注

她也看出了这件西装十分地合体。这是个挺拔好看的男人。然而他的眼神里,有一些拘谨和木讷,还是原来的。

她愣了一愣,在调整一个合适的表情。

这时候,阿荣却已站起来,笑容可掬地走过去,握住了他的手。

他躲闪了一下,手随着阿荣的动作剧烈而僵硬地摇动。他的眼睛还是看着她,求助一样。

她走过去,迎他落座。

她打开抽屉,取出一份表格。递给他一支笔。

其实是例行公事的登记。他填得很认真。姓名,电话,银行户头。笔迹稚拙,中规中矩。在填"地址"一项的时候,他犹豫了一下,写下了一个地址。在九龙塘的剑桥道。

他说,我不知道"三围"填什么。

她微笑了,说,没关系。我们的造型师会给你量身。我回头替你填上。

她站起身去影印。他一抬手,手指恰碰到她的腰际。两个人停顿了一下,才如触电般倏然分开。他并没有对她说抱歉,只是嘴角微微扬起。

回来的时候。桌上摊着花花绿绿的报章与杂志广告,那是他们旗下的 talents(人才)所谓的业绩。

浣熊　17

阿荣以业务经理的身份，正在向他解释一份广告文案。这份文案，他们已经用了九个月。用在不同的人身上。

她冲了一杯咖啡，倚着影印室的玻璃门，冷眼旁观。

他在镁光灯底下，发着虚汗。

身后的白幕，将他的身形勾勒得有些突兀。眼神因为茫然，无端地肃穆，又有些焦灼。像个随时待命的追悼会司仪。

摄像师说，伙计，放松些。

她知道，眼前这些拍摄器材，在这阔大的空间里，足以对初入摄影棚的人造成震慑。

当她对这间公司的性质有所认识，也曾觉得这样一个studio（工作室）作为过程中的一个道具，太过pro（专业）。有喧宾夺主之嫌。

阿荣说，你懂不懂，做戏要做全套。

当他结巴着，对着镜头做完了自我介绍。黧黑的脸色竟然变得有些惨白。发蜡在温度下融化，卷曲的头发耷拉下来，盖在了额角上。

没有了肤色的掩护。下颌上的棱角也被灯光稀释。

他的样子有些脆弱了。

需要表演一个短剧。是《麦克白》。老王被深爱的女儿离弃，一段独白。

他小心翼翼地念着台词。情绪无所用心。没有应有的记恨，也没有绝望。但在他鲁钝的声音里，她却听出隐隐的恐惧。

他的眼神又开始游离，四下张望。摄像师皱起了眉头。当他捉住了她的眼睛，终于安定下来。她攥起拳头，对他做了一个"加油"的姿势。

最后环节是摆一组平面照的 pose（姿势）。

她开始走神，在想如何以别的方式将他留住。她改变了对东南亚人的"成见"。那种与生俱来的表演的天分，他是没有的。他的自信心，或许也已经被自己的表现摧垮了。他随时都会放弃。她需要设计新的说辞。

背景换成了椰林树影，近处是私家游艇的轮廓。他要表达的，是在海边的徜徉与享受。然后是一句台词。

这时候，他将西装脱下来，搭在了肩上。他没有更多的动作，只是默然立着。

她吃惊的是，他的神色，仍然是单调的。而此时，却被一种平和置换，变得自然与静美起来。似乎他天生属于这虚拟的环境。

Life，as it ought to be. 他念出了最后的台词。

他的嘴唇翕动，轻描淡写。

这一刻，她想，他是个性感的男人。

她将他的资料输进电脑。

她感觉出了他的目光，侧过脸去。他的眼睛躲开了。

他轻轻地问，你们会录用我吗？

她在心里笑了一下，然后对他说，保持联络，有消息我们会尽快通知的。

她回家的时候，天上堆满了霾，却没有下雨。

风时断时续，并没有想象中的大。今年的风球挂得早，去得也快。只是，城市的面目究竟惨淡了些。

小巴车行到元朗，突然前面设了路障，因为山体滑坡要整修。司机看着前面的车稳稳开了过去，自己却要绕行，心里很不爽，当下在车上骂起来。

你老母，边个不赶去屋企食饭。死仆街，早不设晚不设。

就有乘客劝他，算了，今天机场有二百多航班延误走唔甩，我们算好彩啦。

三

"浣熊"于昨日下午六时与七时之间与本港地区最为接近,在本港以西一百五十公里左右,同时,香港天文台录得的最低气压为一千零三点九百帕斯卡。风势减弱,天文台于今日凌晨一时三十分取消所有热带气旋警告。随着"浣熊"转化为温带气旋,本港气温由二十一度急升至二十五度,带暖性的锋面曾一度为本港带来强劲的偏南气流和较温暖空气。

这一天早上,居然有了阳光。她决定打电话给他。

电话关机,是留言。是他的声音。又不像,声音仍然鲁钝,但是流畅清晰,就有些刚硬。她告诉他通过了面试,今天可以谈谈签约的细节。

她挂了电话,居然又打了过去。鬼使神差,是想要听一听他的声音。

他这一天来,只穿了白颜色的棉布衬衫,挽起袖子。牛仔裤。

头发并没有梳理,微微蓬起。整个人看上去,竟放松了很多。

她说，辛赫先生，你这才是年轻人的样子。

他不好意思地笑了。

公司里的其他人对他，也宛如老朋友的态度。

在这种时候，他们都很清楚各自扮演的角色与策略。越是严阵以待，越是举重若轻。

阿荣拍拍他的肩膀，恭喜他。说难得第一次试镜照就被广告商看中，小伙子前途无量。将来我们公司也以你为荣。

阿荣告诉他，此次请他代言的会是欧洲一个新兴的运动服装品牌，将来很可能会成为亚洲青少年的时尚主打。到那时，他的面孔就会家喻户晓。

他渐渐有些心不在焉。阿荣心里没底，说，你要相信我们打造你的诚意。

Vivian 在哪里？他问。

她恰好听见了。快步走过来。

阿荣就大笑，辛赫先生只信得过我们 Vivian。那就交给你了。

她坐下，从阿荣手里接过很厚的一叠文件。

她说，辛赫先生，下面由我来逐项给你解释签约的细节。如果有任何问题，可随时问我。

这自然是一份布满陷阱的合约。机锋暗藏。为了锻炼解释时避重就轻的技巧，她曾用去了许多时间。现在已游刃有余。

然而，她发现，在接下来与他交谈的二十分钟里，并未有成就感可言。因为，说到任何的条款，他只是一味地点头。有时候，为了表现诚意，她不得不特意停下来，等着他问问题。他的鼻翼耸动了一下，似乎想说什么。然而，也终究没有说，仍然是点了点头。

终于到了关键的时候。当充分强调了未来的广告代言工作会给他带来优厚的报酬后，她说，签约后，我们会在合约期限内担任你的经纪人之责。因此，在他的工作运转初期，需要缴付一些行政费用，以便公司为他做宣传与接洽工作之用。她拿出一份表格，向他解释费用细项。包括拍摄造型照和 Comp Card[①]，用以 send（发送）给广告客户拣选接拍广告之艺人；提升演艺技巧的 Training Course（培训课程）；度身定做的宣传网页；经纪人费用、保姆费用……

---

① Comp Card，类似于模特的名片，上面会有 4~6 张模特的照片，以及身高、三围、经纪公司等信息。——编者注

她将声调调整得最为轻柔。表面上，风停水静。心里还是忐忑的。往往这时候就可能成为和客人的争拗所在。火候拿捏不好，甚至一拍两散。这样就前功尽弃。

　　有时候面对质疑，他们也有对策。阿荣会表现得比客人更强硬，甚至利用威胁的手段。不过这是下策了。

　　他咳嗽了一声。她心里一惊，停住了。

　　他捏起这张表格，扫了一眼，问，总共要多少钱？

　　视乎想要的宣传力度。不同的宣传力度收效也是不一样的。如果您想要短期内有成果。她拿出了另一份表格：我会推荐这个组合是最有效率的。虽然价格稍高，我们会为您争取多些的折扣，原价是十二万，然后……

　　就这个吧。他再次打断了她，同时拿出了信用卡。

　　她松弛下来，发现手心里一阵黏腻，已经浸满了汗。

　　远远地，阿荣向她打了个 OK 的手势。

　　这一切，未免太过顺利了。

　　拍宣传照需要换三套衣服。

　　因为都是准备给亚洲人的款型，于他则不尽适合。外衣合身的大概有一件卡其色的猎装。

　　运动 look（造型）则是一身 Y3 的网球服。加大码，他穿上还是紧绷的，胸肌鼓突，看上去十分壮硕。扣子是扣不住的。她又看到了小小的白金 A 字和一丛浅浅的胸毛。她想，这丛胸毛，让他看上去不那么洁净了。外国人，到底还是兽性的。

他的神情仍然直愣愣的。

摄影师说，先生，眼神温柔一点好吗？想想母亲，你母亲的眼睛。

这时候，他突然间一把将网球衫脱了下来。一瞬间，她看到了他臂膀上有一个刺青，是一把拉满的弓。

他将衣服甩在摄影师脚底下。然后用冰冷的声音说，我没有母亲，她早就死了。

他一言不发，开始穿自己的衣服。她走过去，好言好语地劝他。说还欠一套正装就拍好了。摄影师虽是无心，但她为刚才唐突的话道歉。

他的脸色缓和了一些。她拿来正装的版型相簿，一页页地翻给他看。

他终于指着其中一张说，我要拍这个。

她笑了。她说，先生，这是婚纱。一个人是拍不了的。我们今天，没有预约女模特。

所以，我要和你拍。他很慢地说。

空气凝固了。都在看着她。

几秒钟后，她合上了相簿，然后说，好。

她抚摸着这张照片。自己都觉得惊异。

她没有想到，会在这种情形下穿上婚纱。

一股夏枯草的味道飘过来。Lulu 最近上火，喝了太多的凉茶。

Lulu 站在她背后看了一会儿：Vivian，你别说，还真挺有夫妻相的。

是的，她自己都惊异。这照片上的两个人，竟然是和谐的。都有些许的紧张。他攥紧了她的手。用的力，是真的。

而眼睛里，居然也都有一丝温柔。这，也是真的。

她对阿荣说，还是给他安排一些广告。一两个也好。

阿荣说，呵呵，妇人之仁。

她说，收了人家这么多钱，也要想着善后。

阿荣这回笑得不知底里，我当然要给他安排，而且要安排个大的。我已经给 Anita 打过电话了。

听到了 Anita 的名字，她立刻警醒。阿荣，适可而止。

阿荣又笑了，是和解的表情。Vivian，何必这么认真。难得你第一单做到这么大。我知道，你一直想在外面租个单位住出去。现在机会来了。

是的，如果自己在外面有个小单位，就不再需要睡双层床了。

她也不置可否地笑了一下。

这一切，都需要钱。

她给他打了电话，告诉他，为他安排的第一支广告，会在这个周末投拍。

他们租借了"海牙城会所"的楼顶游泳池。日租金两万。

阿荣用蹩脚的普通话说，舍不得孩子套不到狼。

Anita 依时出现，妖娆万状。

Anita 是他们长期合作的女模特。只负责大 case。中意混血的 Anita，面孔出现在本港大大小小的成人杂志上，让老少男人流尽了鼻血。偶尔和尖沙咀的豪客做做皮肉生意。业务少而精，并不为生活奔忙。但是，阿荣她是会帮的，因为是相逢于微时的朋友。阿荣是她第一个皮条客。

阿荣在这女人臀上拍了一下，咬着她的耳朵说，今天全看你的了。

天公作美，阳光普照。

她倚靠着池边的雕花栏杆。城中的景色尽收眼底。远处是海，海里有船，海上是影影绰绰的青马大桥，都分外的小，模型似的。这城市楼宇参差，大体上是齐整洁净的。偶尔也有污浊的角落，一错眼，都可以忽略不计了。

她用手撩了一下泳池里的水，到底还未进六月，水有一点凉。

Anita换了衣服，款款地走出来。

她不禁也惊叹。这混血的女人，真是异乎寻常的美。

有的女人，天生是为了男人而生。

是的，东西方的优点在她身上集合得恰如其分。凹凸有致，皮肤瓷白，头发如汹涌的黑瀑布激荡而下。衣服或许只为在她的身体上点睛。火红色的bra（文胸）中间以铜环相扣，双乳无法束缚，便有一多半都冲突出来。下装的连接处，则是同样的处理。所以从侧面看，几乎是全裸的。

真像个女神。她想。

然而，"女神"回过头，不经意地对他们望一眼，眼神里的轻浮与炽烈是一贯的。这终于暴露了职业的立场。迎合与撩动男人，对这女人已犹如本能。

年轻的摄影师Benny是新来的。没见过世面，对眼前的景致未免有些瞠目，以至于忘形到忘记开机。阿荣不动声色，随手抄起一本杂志，狠狠地打在他的裤裆上，说，臭小子，收收心，底下硬着可怎么干活。

Anita 径直走到他跟前。

阿荣拍了拍他的肩膀，说，伙计，这是我们最好的模特。瞧，又是鬼妹[①]，和你多般配。

接着，又用耳语一般的声音对他说，今天是你的搭档，你小子有福了。

我不想拍泳装。他的声音不大，但是很清晰。

所有人的表情都凝固了一下，包括搔首弄姿的 Anita。

我们的协议里，写明了"拍摄尺度不拘"。阿荣说，辛赫先生，你该明白，职业模特必备的专业素质之一，就是将自己身体最美的部分呈现出来，是每一部分。另外，这个运动品牌的格调十分健康，你大可不必担心。

如果我拒绝拍呢。他说。

阿荣耸了耸肩，摆出一个遗憾的姿势，说，那就是违约了。根据协议，您需要缴交拍摄成本 100 倍的赔偿金。

他沉默了一下，似乎妥协了。

[①] 鬼妹在粤语中是对外国白人女性的特别称呼。——编者注

浣熊

阿荣拍拍掌，示意助理去帮他换衣服。同时使了一个眼色，Anita跟在他身后走进了游泳池后面的行政套房。

她表情漠然地望着套房的方向。

她知道，里面正在上演一出色情剧。在Anita那里，男人没有正人君子。实在不行，美女硬上弓。不是普通人可以抵挡得了的。

布局万无一失。他换衣服的房间里，藏着针孔摄像头，实时尽责生产春宫带。这会成为将来要挟他的佐证。如果他表现得过分主动，那么更好，Anita自会审时度势，在适当的时候大叫非礼。此刻，助理会立即变身目击证人。

在报警与私了之间，大多数人会选择后者。何况"男素人强暴知名情色女模特"是本港媒体趋之若鹜的好题材。

人们都在心中窃笑，同时焦灼等待。

突然，房里发出一声女人的尖叫。阿荣掩饰不住得意，但仍然压抑着声音说，搞掂。

Anita从房间里冲出来。Bra已经散开了。肥白的乳在胸前弹跳，有些刺眼。

Benny张大了嘴巴。

阿荣微笑了一下，美女，玩得越来越过火了。够high。

这女人脸上愤怒与痛苦的表情，让在场的男人都兴奋莫名。

阿荣说，宝贝儿，你的演技越来越逼真了。

"放屁！"Anita 凶狠地说。同时放下了捂在胳膊上的手。小臂上，是非常整齐的两排牙印，往外洇着淤紫的血。

Anita 叹了口气，狗娘养的，事实上，是我接近不了他。你们另请高明吧。

这时候，他走出来。几乎是气定神闲。

我不想和这个婊子拍。他说。

阿荣已不知如何做反应。几秒后，回过神来。对他说，那，我们改期。Anita……阿荣咽了一下口水，Anita 的职业操守，真让我意外。

他说，不，我要拍。

可是，我们只请了一个女模。您要知道，我们必须考虑成本。

他眯了一下眼睛，目光落在她身上。

我要她和我拍。他说，Miss Chan.

她在心里震颤了一下。

这是行不通的。这不是拍普通的造型照。Vivian 没有经过任何的专业训练，这是行不通的……

她阻止了阿荣继续说下去，同时在桌子上轻轻地画了一道圆弧。

Plan C，今天最后的机会。

她说，好吧，辛赫先生。现在，我们去换衣服。

她换上了一件白色的比基尼。尽管已做好迎接目光的思想准备，但还是觉得万分拘谨。

她抱着胳膊，走了出来。

看不出来。Benny两只手端在胸前，冲助理做了个手势。看不出来，原来我们Vivian也那么有料。

她先看到的是他的背影。并不十分宽阔。一道褐色的卷曲的汗毛，由颈贯穿了背，延伸进了青蓝色的泳裤里。

他转过身，目光正与她的眼睛碰上，便没有离开。

她终于放下手臂。解开下身的浴巾。

他走过来，对她说，Vivian，你很美。

他们换着不同的泳装，穿梭于游泳池的周边。

他出其不意地放松。无顾忌地摆出各种姿势。突然跳进了泳池，深深憋了一口气，才浮出水面。

阳光猛烈了一些。他身上的浅浅毛发变成了淡金色，上面布满了细密的水珠。

然而，他们站在一起，若即若离。摄像机在任何角度都无法迁就。

阿荣也不得不说。我想，你们应该看上去亲密一些。

她侧过眼睛看一眼，向他靠了一靠。他站在她身后，很自然地将手搭在了她的腰上。

看似完美的情侣造型。

突然间，她觉出，他在背后坚硬地顶着自己。并且有灼热的气息，在她的耳廓里游荡。她惊惧地回过头，愤怒却被他的眼睛融化了。黧黑脸庞，孩子一样纯净的微笑。

她还是挣扎了一下。她的胳膊被紧紧地捉住，动弹不得。

你为什么要躲着我。他温柔地喘息着，对她说。

她屏住了呼吸，同时感觉到一阵晕眩。

四

Well done！ Mr. Singh. 阿荣对人的恭维，永远是那么真诚。我相信，广告代理会十分满意您的表现。Natural born shining star 。你说是吗？ Vivian.

她勉强地笑了一下。

为了我们更好地为您尽犬马之劳，我们制订了一个整体形象营造计划。您的外形基础很好，这有目共睹。不过，需要进一步的专业提升。比方，您的浓重毛发，当然，非常 man，这对凸显您的个性是很有优势的。只是，作为一名专业模特，还需要一些打理，令您的整体外形更为清洁与健康。您看，不妨试试 Laser Hair Removal（激光脱毛）……

你想说什么？他的口气有些不耐烦。

我是说，我们有一些适合您的 Facial Course（护肤疗程），会进一步改善您的外形条件。我们会为您负担一部分费用。

我要出多少钱？他问。

我们会为您打八折，总共是十四万。

没问题，他看着她说。

结果令所有人都觉得前面的铺陈显得多余。

晚上，他们去了兰桂坊一间酒吧庆贺。为公司开业以来最大的一笔生意。他们成功地在法律与一个印度"二世祖"之间找到了平衡。或许是个二世祖，管他是什么人，总之，一切都是可遇不可求。

她一杯接一杯地喝酒，没有说更多的话。

Be happy, Vivian。你是大功臣。阿荣向她举杯。

她笑着回敬,然后将酒杯掷在了地上。

一个星期后,她按照计划,转了五千块到他的账户里。

又发了一则短信给他。告诉他,这是上次拍广告的工作酬劳。

又半个月后,她接到了他的电话。告诉她,他已经上完了他们的课程,有没有安排新的工作给他。

她告诉他,暂时没有。很遗憾,他们在竞标中失利,那个运动品牌的经销商最终没有采用他们的广告。他们以广告预稿价格的双倍付酬给他,是仁至义尽。

他问她,什么时候会有新的工作。

她说,这很难说,不过我们会尽量为你留意和争取。一有消息会尽快通知你。

他停顿了一下,终于问道:Vivian,我可以见你吗?

她用冷静的声音回答他:对不起,辛赫先生。我想,我们最好只保持工作上的关系。

五

他们最后的见面,是在六月底。

审讯室的灯光突然亮起,她阖了一下眼睛。再睁开,看到面前穿了警服的男人,有张熟悉的脸孔。

他的目光严峻。没有任何内容。

但是,始终是他先开了口。他说,我说过,我们会再见面。你说的也没有错,是工作上的关系。

她看着他的脸,感到陌生。他在她印象中,是有些懵懂的。

他说,十六个受害人,加上我,算是第十七个。这回,恐怕你们难逃其咎。你有什么要说的吗?

她没有什么要说的。她只是在想,他将领口扣得太严。看不到白金颈链,和那枚 A 字。

六

多年以后,她再谈起那个台风肆虐的夏天,仍然留恋。为那种毫无预警的累积,没有人能力挽狂澜。

因为那个夏天,他可以与她走过出狱后的三十年。

她将那枚 A 字握一握,又吻了一下,挂在他的墓碑上。

然后,转身离去。

化宝盆里未烧尽的报纸,已经泛黄,一则新闻标题依稀

可以辨认:

　　热带风暴"浣熊",今日登陆香港。

猴 子

一　辞职信

西港动植物园园长办公室执事先生台鉴：

　　本人很遗憾在这个时候向公司正式提出辞职。

　　本人进入公司已近三年，很荣幸成为公司一员。在此期间，承蒙公司给予学习机会，于良好环境中，提高专业的知识与技能，并取得宝贵工作经验。

　　此前红颊黑猿杜林（雄性）走失一事，为公司与社会带来相当大的困扰。本人作为园内灵长类动物专职饲养员，难辞其咎。在此，本人深表歉意，并郑重提出辞职，以示悔过。

感谢公司数年来对我的信任和提携，离任之前，本人会先办妥一切份内职务及清楚交代手头上的事务。本人申请在本月底（十二月三十一日）结束在园内的工作，敬请察情批准。

敬祝
公司业务蒸蒸日上

李书朗　　谨启
二零一一年十二月二十二日

就像之前对警方所说，他至今不清楚杜林怎么能够打开铁笼的安全锁，逃了出来。这把锁的密码有六位数。除了他以外，只有动植物园的档案室留有备份。

好吧。这个密码，其实是南希的生日。他曾经想过要改，因为他已经和南希分了手。但是，一念之间吧，他没有改。

他当然没有低估过杜林的智商。他甚至觉得，杜林比他更聪明。首先，这一点体现在时间观念上。杜林总是能够精确地把握到法定喂食的时刻，误差不超过五分钟。有时候，他稍有怠慢，杜林立即用它独特的嗓音尖叫，并且把铁笼摇得山响。他听到后往往拎着食物飞奔过去。杜林看见他，才慢悠悠地攀援而下，一脸的事不关己。

这时候，他就有些恼火，然后又很沮丧，觉得自己在动物园里的老板，其实是杜林。它只是只猴子。

也不对，确切地说，杜林是一只红颊黑猿。Hylobates gabriellae。这个不知所谓的学名，决定了它的矜贵。作为黑长臂猿亚目的唯一物种，红颊黑猿的繁殖率极其低下，当之无愧的濒危动物。

它们的珍稀，也和生活与配偶习惯相关。这种猿猴，一旦成年，便保持着对于配偶忠贞的态度，终身坚守一夫一妻、加上子女的小型家庭结构。所以，与猕猴那种满山遍野、猴王振臂一呼的社会性群居模式截然不同。后者以滥交繁衍的方式，占有了更多的生存资源，也注定了种群的低贱。

因为基因的缘故，即使离开了柬埔寨和越南的老家，红颊黑猿仍然保留了这种习性。十岁的杜林，与它的配偶Lulu已生活了五年，并产下两头幼猿。抱着挽救物种的愿望，动物园曾做出更多的努力。去年的时候，他们将一头进入发情期的雌性红颊黑猿玛雅放进了杜林的笼子，企图造就奇迹。然而，发展并不如他们所想象。一方面，杜林和Lulu似乎没什么困难地接受了玛雅的存在，与它共食同寝，和睦相处。但是，工作人员很快发现，事实上，这种相敬如宾的态度后，玛雅依然是个局外人。这对夫妇以不动声色的方式将玛

猴子　43

雅排斥在家庭结构之外。情愫暗生是行不通的。有鉴于此，他们改变了策略。当然这也是出于无奈，因为目前杜林是园中这个物种里唯一的雄性。他们实行了短期隔离政策。将杜林和玛雅关在了特别驯养室里。希望独处能速燃它们的干柴烈火。然而，即便如此，几天之后，玛雅主动示好，杜林依然是不解风情的样子。玛雅开始表现得焦躁，淑女风范尽失。这时候，杜林很从容地攀到房间的一角，开始享受曲奇饼和香蕉。

于是有科研人员开始怀疑杜林的性能力。对这一点他大概会有发言权，因为与这只猿猴三年来的朝夕相处。杜林对性事的态度，看似并不很积极，但事实却出人意表。他记得某一个冬天，杜林与Lulu一次漫长的交欢，大约将近一个钟头。尽管在姿势方面，并无甚可圈点之处，但那份勇猛与投入，却足令人类汗颜。他站在僻静处，看着它们，动作天真而舒展。于是对它产生了一些敬佩。想起与南希有一回在他的工作间仓促地做爱。南希感到了他的犹疑与心不在焉，因为他心里还记挂着第二天的公务员考试。那导致了他们最激烈的争吵。

是的，的确是在冬天。杜林拥有一种类似于人类的控制力，使得性事处于宁缺勿滥的状态。这与发情期无关。虽然，如同其他猿猴一样，它无法控制这时期兽性的生理反应。它站在铁笼的最高处。所有的人，都可以看到它的阳物，无耻而赤红地挺立着。这为它赢得了很多的观众。男孩子们往往兴奋地大叫。年轻的母亲试图遮住他们的眼睛，但同时忍不住与同伴交头接耳。但他们也都注意到，杜林出奇地安静。这猴子并无丝毫焦躁，只是安静地站在笼子里，一动不动。他很明白，杜林的性情与本能之间，此时出现了莫名的抽离。他看着这猴子，在人们的喧嚣与指点中无动于衷，用一种淡定明澈的眼神，谛视远方。他就会生出一种荒唐的想法，觉得杜林其实在思考。而且思考的内容，远远大于他的想象。

有一段时间，他将之理解为一种思念。尽管他也不确定，东南亚的空旷雨林，在杜林的头脑中，究竟留存了多少记忆。于是，他就会顺着这个思路想下去，觉得虽是寄居的状态，这只猴子也应该知足。在这个寸土寸金的都市，居大不易。地方永远都不够住。每一任特首的施政报告，都因此招致民怨沸腾。他和自己的父母，蜗居在荔枝角一处唐楼单位，也已近二十年。而这只猿猴，和它的妻儿，却住在这个近两百呎的笼子里，过着悠游的生活。何况，是在中环半山，毗邻西港最高尚的住宅群落。即使论起这动植物园的渊源，也足以与它的矜贵相配。公园以北的上亚厘毕道即为昔日港督府的所在地，所以这座公园，被市民们尊称为"兵头花园"。每每想到这里,他也不禁哑然失笑。笑自己地产经纪式的现实想法。他在骨子里,仍然是个世俗而功利的西港人。而杜林,不过是一只猴子。

然而,他现在却知道了。杜林当时或许在酝酿的,是些更为复杂的事情。或许可以说,它的逃逸计划,是蓄谋已久。

他其实非常明白,没有人会相信,一只猴子会打开密码锁。这是天方夜谭。如果假设成立,那其他的灵长类动物,大可以做更为高端的事情。比方参与开发 iPhone5,那还要乔布斯和蒂姆·库克干什么。但是,他还是将这种猜测说了出来。因为,他很确信自己在凌晨离开之前,很谨慎地锁好了笼门。园长居高临下又宽容地笑,觉得他不过在为自己的渎职做虚弱的辩解,将责任推给一只猴子。是的,同样诡异的是,那天的监控器竟然坏了。一切无据可查。事情的可能性变得确凿。是的,或者是出于无心之失。如果他否认这一点,那么,他就要接受另一种推论,那就是,他刻意放走了那只猴子。

这一天的《水果日报》的头版新闻:"火星撞地球,智慧马骝①重演《偷天陷阱》"。

这个标题,很符合港媒的刻薄与浅薄。《偷天陷阱》是

---

① 马骝是广东话猴子的意思。——编者注

好莱坞红极一时的一部电影。主角是两个骇客级的雌雄大盗。报纸上作为黑体标引的,自然是他的话。报刊档的阿伯盯着他看。他才发现,另一份叫《悠然一周》的杂志封面上登了他录口供时的照片。他觉得自己还挺上相的,除了领子有些褶皱,稍显狼狈。杂志的标题大同小异,只是将电影名改成了《达·芬奇密码》。

他回到家的时候,夜已经深了。母亲一个人倚在沙发上,在看一出粤语残片。这片子他也看过,叫《情海茫茫》。影片里的谢贤还很年轻,与南红在山上远望跑马地、铜锣湾与维港。那时候的维港似乎也宽阔得多,看上去还有些气势。他就坐在母亲身边,同她一起看。后来,父亲也走了出来,坐在另一边。过了一会儿,父亲点起一支烟,又让了一支给他。点上火,爷儿俩就沉默地抽烟。彼此没有说话,都有些小心翼翼。烟抽完了,父亲要起身去拿,却被母亲按住,说,一包还不够?这时候,插播了新闻。不意外地,又看到了他。面对太多的摄像机,他到底还是有些不镇静。还是那些话,他看到自己苍白着脸说出来,眼神有些闪躲,像个无助的孩子。

这则新闻播完,母亲关上了电视。父亲将手里的烟蒂碾灭,力道有些狠。父亲终于说,仔啊,没了这份工,又会怎样。何苦讲大话①？

他想起三年前毕业，恰逢市道最不景气的时候，找工作到处碰壁。作为名牌大学的文学系学生，终于放弃了幻想，接受了这份饲养员的工。父亲说，仔啊。揾唔到工②，又会怎样。爸妈养你，何苦去服侍马骝？

他站起身，回到自己房间，关上门。

他快要睡着的时候，接到了南希的电话。南希说，你还好吗？他说，还好。南希说，我要结婚了，这个月底。你能来吗？他说，哦，恭喜你。

南希说，你能来么？他说，能。两个人沉默了一下，南希说，那个事，我相信你说的。

他挂上电话。鼻子酸了一下，一下而已。

现在，他将辞职信很仔细地折好，放进了信封里，封上口。他想，他还是应该去看看杜林。

他站在笼子前面。杜林蜷缩在墙角。认出他，微微地抬一抬眼睛，算是打了招呼。应该是麻药的劲儿还没有过去。

---

① "讲大话"在粤语中指说谎。——编者注
② 揾工，广东话，指找工作，揾唔到工，即指找不到工作。——编者注

这时候，不知道为什么，他想起了多年前看过的一部小说，是一个日本人写的。这个叫太宰治的人自杀了很多次，最后终于成功了。

他想起了小说中的一句话。

"生而为人，我很抱歉。"

在他这样想的时候，他似乎看到杜林龇牙咧嘴地取笑了他一下，然后伸长了胳膊，回身一荡，跳到笼子顶上的小木屋去了。

姿态很优雅。

二 公告

本公司旗下艺人谢嘉颖（Vivian Tse），因本月中环猿猴逃逸事件受到惊吓，乃至精神失常。目前已送至大青山精神康复中心疗养。鉴于其已缺乏对自我行为能力的基本控制，本公司对其言行所表露的信息，概不负责。亦请媒体自重。否则本公司对于相关事宜，将诉诸法律手段。

特此敬告，以示民众。

寰宇国际娱乐股份（有限）公司

二零一一年十二月二十二日

我没有疯。我知道。

我也并没有后悔，打出了那个电话。

Edward，你应该知道，我是爱你的。

是的，我承认我当时是乱了方寸。我应该打给999。

但是，我真的很怕，你明白吗？

当时你正趴在我身上。而它，那只猴子，就站在床角。你看不到它的眼神。很冷，好像要看穿我。你能想象吗，一只猴子，有人一样的眼神。

我怕极了，你知道吗？我想让你停下来。可是，你当时正在兴处，你完全没有理会我。它就在你身后，一动不动地，看着你动作。

我或许不该叫出声来。这样你就不会猛然回过身。它也就不会受惊，一口咬在你的大腿上。我不知道它咬穿了股动脉。我只看到血呼啦一下涌出来了。

我头脑里只有那个电话号码。

是的，我想都没想就打出去了。我一边抄起那条裙子，用尽气力包扎在你的大腿上，一边拨了那个电话。

那猴子还没有走，它看着我，慌慌张张地打电话。它就安静地坐在窗台上,看着我。

你苍白着脸,好像还没意识到发生了什么事情。你的血把那条 Prada 的雪纺裙子,染成了一片鲜红。我没想到这条裙子可以派上这个用场。是的,你没见我穿过,前一天才从巴黎送过来。我原本准备新片发布会的时候,给你一个惊喜。不会,这次绝对不会了。我知道,你最不能容忍的事情,就是我和其他的女明星撞衫。

我听到救护车的声音了。我听到门铃响了。我打开门,看见镁光灯一阵乱闪。

一片空白。

我回过头,却看见那只猴子的眼睛。人一样的眼神。它看着我。它慢慢地站起身,走了两步,掀起窗帘,从窗口跳出去了。

是的,我是自食其果。

别的都不重要了。重要的是你没事,你活过来了。

我是自食其果。大概所有人都这么想,包括你。无怪之得,现在十几个大刊小报的封面头版上,都是我的脸。超过我当年最风光的时候。有人骂我藕线没大脑。有人说我自演自导"苦肉计",为了要逼宫。机关算尽,咎由自取。

是的，我为什么要打给 Ann。

我说给你听，你大概会觉得可笑。因为我信她，只信她一个。我信她，胜过信耶稣，信特首，信老板；甚至也胜过，信你。

你知道的，我有几次换经纪人的机会。那年 Maggie 在纽约风生水起。她的经纪人找过我，说我进军国际的时机到了。和他合作，换一张牌，满盘皆活。我笑笑说，不换，Ann 是我的"糟糠之妻"。

没有 Ann，就没有我。

我一个台湾人，只身一人来西港。没背景，没资历，又是落选亚姐。我凭什么有今天。

八年前，我在杜郁风的剧组里做"咖喱非"①。那年闹 SARS，天又寒。戏场冷清得很。可是我不想走，因为走了也没地方去。我裹着羽绒衫，坐在化妆室门口抽烟。这时候走过来一个人，戴着大口罩。她打量了我一会儿，说，妹妹仔，我看好你。

这人就是 Ann。

第二天，Ann 签下了我。

---

① Carefree 的音译，指临时演员。——编者注

有半年，我没做任何工作。Ann 给我找了个老师，苦练广东话。Ann 说，要想红，先过语言关。

半年后，Ann 给我接下了第一个通告。是一部三级片。我犹豫得很，记得还哭了。Ann 说，妹妹仔，你信我，为上位，只接这一套。

Ann 有信用，自此再没接过。因为这部三级片，我红了。

有人说，这部三级片接得很合算。背部裸，未露点。脚湿了湿水，还没入海就上了岸。

可我知道，你恨我拍过这片子。我也知道，你曾经和寰宇的老板交涉，要把片子的原始拷贝买下来。有这部片，我就永远摆脱不了三级女星的头衔。

我也知道，你是爱惜羽毛的人。你和你老婆分居两年，无绯闻，无纠葛。你不想被人说丰信集团的太子爷最后栽在一个三级女星的手里。

可如果没有这部片，哪里有后面的那些试镜机会。视票房为生命的杜大导演又怎么可能给我担正。哪里会有金像奖最佳新人、金马影后、东京电影节最佳女主角？

你，又怎么可能认识我？

那天是我的庆功宴。

曲终人散。你走到我面前。

你说，我是你的影迷。我喜欢你扮的项洛雨。由少演到老，不容易。风尘干练，大情大性。没想到，真人其实是个细路女。

"细路女"三个字，被你说得极温柔。说完，你转身即走。

说起来，如果不是第二天看到狗仔队拍的照片，我还不知道你是谁。

自此后，我一天收到一束黄玫瑰。附一张卡片，上面是我念过的一句台词。

风言风语。Ann 第一次跟我翻了脸。

Ann 说，现在你的人，是公司给的。不是你自己的。

我说，我们合约上写得清楚，五年不恋爱。现在已经过了。

Ann 说，你要现实一点儿，漫说他只是分居，就是他老婆死了，续弦也得是拿得出手的名门千金。又怎会轮到你？

有一次，你忍不住了。问我，为什么没说过，想要个名分。

我想一想，说，怎么没想过，我想要个名分，是你心里的"细路女"。

你用力搂一搂我,没再说话。

是的,我自生下来,何曾做过别人的细路女。

七岁上,妈死了。爸一个人带我和我弟,打打骂骂过生活。长到十六岁,怀了邻校男生的孩子,退了学。我想留,那男孩的爸妈双双跪在我面前。我跟着他们去打掉了。那个月,人像失了魂。

有天夜里,睡得迷糊,闻到浓浓酒气。醒过来,看见爸红着眼睛,盯着我。他一把掀开我被子。我一惊,跳下床就往外跑,听他带着哭腔喊,为什么别人动得,我自己……

我跑到姑婆家。姑婆抱了我哭,说,走吧,这家留不住你了,走越远越好。

在你以前,没人叫我"细路女"。

我知道 Ann 接到我的电话做了什么。一网打尽,全港的媒体来得这么全,好像是开发布会。我和你一样,没试过血淋淋地被堵在床上。

我知道你爸花了上亿,买了有你入镜的照片。徒留下我一个人,惊慌失措的脸。

我不知道,Ann 和 Sabrina 背后有交易。我和 Sabrina 分别被传与人不合。唯独彼此像是惺惺相惜的姊妹花。本来也没什么不对,何必呢。戏路本就不同。我演我的烈女,她扮她的荡妇。井水不犯河水。

最后一次见 Ann。她要我暂时放弃几个广告代言,说是另有打算。我没问为什么。

临走时,她在我耳边轻轻说,Sabrina 需要一个对手,才能水涨船高。现在她起来了,不需要你了。

这回拜天所赐,还顺带灭了你的豪门梦。

毕其功于一役。这么多年。

现在,所有的媒体口径一致,之前说处心积虑要名分,要让你蹚浑水,不好。于是改版本为我走火入魔,被只马骝吓癫,自编自导独角戏。

好,那我就将这独角戏演下去。

只是在这里没观众,没人听,没人看。

外面看不见我,我看得见外面。

外面有条河。你信吗,或许我们没留意过,西港还有这样安静的河。好像我老家高雄的一条河。小时候挨了打,跑出去,我就坐在那河边,直坐到天黑。

不知道那只猴子,现在怎样了。

报纸上写,饲养员说猴子自己开了密码锁逃出来。这故事大概没人会信。不过不知道为什么,我有些相信那男孩的话。

或许因为，我看过它的眼睛。

三

十二月二十日　星期二　多云转阴

亚黑，你走了。我知道，是老豆①送你走的。我看到他用香蕉把你引出去。我没有出声。

你不要怪老豆，他心里也很难过。老豆很不容易，我们家很穷。你吃得又太多了，老豆养不起。

等我长大了，就出去揾工。赚钱。赚了钱，我就把你找回来。你要等我呀!!!

这是童童最后一篇日记。

如果不是看到这本日记，他可能至今都不知道，他送那只猴子走的时候，童童其实是醒着的。

他愣愣看着女儿的遗像，细眉细眼，嘴角微微上扬。他看着看着，再次心疼地哭出来了。

---

① 　粤俚语，指父亲。——编者注

这是为给童童申请"行街纸"①拍的照片。

童童来西港后还没拍过照。那天天气很好。他跟楼上许家阿婆借了轮椅，推了童童上街。大概很久没有出门了。童童一直在笑，笑得没缘由。见什么都笑，士多店、街心公园、来往的行人和狗。只是看到背了书包下学的孩子，她才沉默了一会儿，远远地看他们。看他们走远了，看不见了，才回过头来。脸上依然是笑的。

到了照相馆，童童却笑不出了，偷偷跟他说，阿爸，我好害怕。他说，乖女，不怕，告诉照相的伯伯，你几岁了？

照相伯伯就问，是啊，小朋友，你几岁了？

童童想一想，说，七岁。

伯伯就明白了，就说，乖啦，伯伯没听清哦，小朋友几岁？

童童回头看一看他，转过身，安静地回答，七岁。

伯伯按下了快门。说"七"的时候，童童嘴角扬起，好像在微笑，露出白白的牙。童童是个好看的小姑娘。

这两排整齐的白牙和笑，是他熟悉的。阿秀也有这样的笑。

阿秀。他在心里念了一下这个名字。

---

① 此指于特殊情况下发给非法入境者和逾期逗留者的文件。批准他们签保外出，以代替羁留。——编者注

那年是他过西港后第一次回乡下吧。算是他这一世最风光的时候了。乡里人都争相过来看"西港人"。

夜里,他和同宗的老大伯喝酒。老大伯问他成家没。他摇摇头。大伯就说,也该说房媳妇儿了。要不,就在乡下娶一个。西港的女子,恐怕心气儿总要高些。要说过日子,还得找个知根知底的。

第三天,媒人上了门,却也带来了一个人,是个姑娘。那姑娘中等身量,苍黑的脸,并不特别俊。却有双细长的眼睛,平添了几分媚。笑起来,牙齐齐整整。很好看。

他也就动了心。媒人那边,却几天未有动静。他有些心焦,终于央人去问。回话说,他别的都还好,就是看面相年纪太大了些。毕竟人家是个黄花女。

他就有些灰。这一年,他已经四十八岁了。十几年前"抵垒"①,拿到西港身份。为了能出人头地,衣锦荣归,这些年咬了多少回牙,又吃了多少苦,都不在话下。可是,时间却回不了头。这么多年,对他有意思的女人不是没有。可是他心里,总怕让人跟着捱苦,对人不住。男人,总该让自

---

① Touch Base Policy,港府 1974 年至 1980 年期间针对内地偷渡者的政策,凡偷渡至港,且已入市区同亲人团聚者,即可成为港内合法居民。——编者注

猴子

己的老婆过上安稳日子。

这么着,他就想要放弃。媒人却又说,也不是没办法,就看他有没有心。他问怎么个有心法。媒人说,阿秀娘说了,就这一个女儿,要是去了西港,算是远嫁。这辈子都不知见不见到了。所以一份彩礼是要的,也算提前为她送了终。

媒人就说了个数。他想一想,没吭声。又过了半晌,说,行。

这数目不小,他回去,把在西港开的小五金厂给卖了。他想,只要生活有了奔头,钱能够再挣。何况到时候,就是两个人搭手了。

他热热闹闹地成了亲。女方家的面子也挣够了。他在乡下待了一个月。临走也说,回了西港,紧要把阿秀也办过来。

他们不知道,为了这场姻缘,他拿出了全部身家,万事要从头来过。

他回了以往做过的冻肉厂干活。老同事们都惊奇,说他轴线。何至于为了一个女子,十来年的辛苦打水漂。他傻笑。心里却有盼头和幸福。

一年后老家人来,和他说,阿秀生了个闺女。他笑开了颜,问这问那,老家人脸色却不甚自在。

终于回去,阿秀抱出了小人儿。玉玲珑似的,也是细长的眼。他正欢喜着,阿秀说有事和他说,就打开了襁褓。这孩子的右腿纠结着，是先天畸形。

他愣一愣，抱着阿秀和孩子大哭。发誓要给这娘儿俩好生活。

回去后，他便分外努力，口挪肚攒，挣了钱就往乡下寄。

然而这时候，却赶上了亚洲经济的大萧条。没有了家底的人，更是首当其冲。先是被裁员，他认了命，就去打散工。无非多做些，起早贪黑更辛苦些。

这样久了，积劳成疾，咳个不停。终于有天带出血。去政府医院看，说是染了肺结核，已经很严重。

他就此不能再工作。虽然脸上无光，但还是领了政府的综援。

仍是往乡下寄钱，只是数目愈见少了。他也不敢再回乡，一切无从说起。

终有一日，收到同乡带来的书信，说阿秀改嫁了，孩子现在归他阿娘带。

他心里黯了。出去喝了一夜的酒。第二天对同乡说，要将孩子接来。同乡叹一口气，这话以往说还成。现在你都这样了，拿什么养孩子。西港的生活又这么贵，放在乡下老人身边，总还算有个靠。

又过了几年，老人殁了。

他回去奔丧。族里的人说，你想办法把孩子带走吧。

他走过去，牵了牵这孩子的手。孩子手缩一缩，抬起头看看他，又慢慢地伸过来，放在他的大手上。

这一来，他便有些急火攻心。想着快些将孩子办过来。然而，这些年，因为意志的消磨，对于港府颁行的各种政策已经到了漠然的程度。就找到了一个熟人帮忙，将仅余下的三千块当了酬劳。但竟然所托非人，熟人音信全无，连要命的"出世纸"也弄丢了。他再想一想，终于决定让女儿走自己二十年前的老路，他东挪西借了五千块，央人帮孩子偷渡到了西港。

那天晚上，看着细长晶亮的眼睛，他第一次紧紧拥抱自己的女儿。心底里有些暖。尽管也知道相依为命的日子，将不太好过。

童童是个安静的孩子，寡言少语。

开始，他以为面对这徒然四壁的家和一个陌生的大人，她有些不知所措。后来发现，这安静是出于天性。

甚至于连同对你的好，也是安静的。

因为有这孩子，他不愿再以西洋菜煮粥惯常地生活。有时候，会在周末的时候，到帮佣过的餐厅等着。等到快收工，看人不多了。就走进去，拿一个搪瓷杯，去倒了盘子里客人的剩菜。按理这是不合适的。但部长和服务生，以往都认识，又觉他可怜，便都睁一只眼闭一只眼了。

这样几次，再夜了回到家，就看到童童一瘸一拐地走过来，帮他接过搪瓷杯。他看桌上已摆好的碗筷，还有一煲饭。都说"穷人孩子早当家"。童童似乎又太早。他就有些心酸。

坐定了，他扒了一口饭，看到自己碗底卧着几块完整的叉烧，是这搪瓷杯里的精华。便再也抑制不住，流下了泪来。

这孩子，只是脸上很少会有笑容。因怕被人看见，便不能出门。有时候，趴在窗口上，看外面。直看到天擦黑了，才下来。

社区里终于知道了童童的存在。便有义工上门。他开始很抗拒。后来听说只要主动向当局自首，在议员的协助下便不用坐监。童童还可获入境处签发"行街纸"。有了合法的身份，将来还有可能上学。

他心里便出现了一些希望。

那天他们拍了申请"行街纸"的照片。父女两个回到家里。就在这时候，他看见了"亚黑"。

他看到这只马骝，正蹲在他们栖身的双层床上，一动不动地看着他。

他也是第一次看到体型这么庞大的猴子。

他从来没有这样恐惧过。并不是因为这猴子。而是,他看到童童已经走到了猴子的面前,对它伸出了手。

他不敢叫,也不敢上前,他担心自己任何一个举动会激怒猴子,情急下伤害自己的女儿。

他看着童童柔软的小手,放在了它额前的一撮毛发上,抚摸了一下。

他看到,猴子微微舒展了长满皱纹的脸,发出轻声呻吟。

在这一刹那,他觉得这猴子的面相,有些像自己。

这时候,童童回过头看他,脸上有惊喜的笑。

他想,他决定留下这只猴子,或许只是为了将女儿这一整天的笑容,留到晚上。

童童和猴子对视了一会儿,打开了手上的纸袋,掏出一块老婆饼。

猴子并没有怎么犹豫,迅速地拿过来。

他笑一笑,同时有些好奇地注意猴子下面的举动。他似乎并没有因为女儿的慷慨而不适。尽管这块点心,对他们父女而言,已经是需要咬一咬牙的奢侈品。

猴子并没有塞进嘴里狼吞虎咽。它轻轻咬了一口老婆饼，也许是出于谨慎。很快，它加快了咀嚼的频率。他猜想它应该是饥饿的。然而，仍然控制着咬食的速度，使它的样子不至于太像个老饕。他想起了大帽山上漫山生长的猕猴，有关它们时常有一些新闻，多半是控诉这些野生的动物袭击游客，强取食物的行径。相较之下，这只猴子简直是绅士了。

他于是也掰下一根刚买的香蕉。其实是街市收摊前卖剩的尾货，熟得已经过了头，有些发软，现出铁锈般不新鲜的颜色。

猴子看一看，接过来，熟练地将香蕉皮剥下来。然后开始认真享用。它神情的淡定自若，的确令人叹为观止。

童童惊奇地看它，又望一望自己的父亲，再次咯咯地笑起来。

猴子看着童童笑，也咧开了嘴巴，露出了有些发黄的牙齿与红色的牙龈。父女两个便知道，它应该是快乐的。

这时候，它把香蕉皮丢在一边，突然展开修长的手臂，一弓身，做了一个倒立的动作。这样也暴露了它红色的屁股。它就这样倒立着，在双层床上转了一个圈，床上的木板就发出咯吱咯吱的声响。

他知道它在取悦他们父女,作为友善的回报。

这是一只懂得感恩的猴子。

这猴子似乎不知疲倦,在床上转了一圈又一圈,好像上了发条的机器。

"亚黑。"童童说,阿爸,我想叫它"亚黑"。

他点点头。

童童便再次叫,亚黑。

猴子这时候,停下来。它伸开胳膊,抓住床上铁栏杆,使劲一荡,到了童童身边。

亚黑。童童放大了声量。猴子轻轻地叫了一下,声音好像初生婴儿的啼哭。

晚上,他走到床跟前,为童童盖好被子。

亚黑睡在童童的脚边,只抬了一下眼睛,眼神里并没有什么内容,就又闭上。它睡觉的样子,将自己蜷成一团,也如同婴儿。

在暗沉的灯光底下,他也坐下来。听着女儿与亚黑发出均匀的呼吸的声音。突然觉得,他们好像一家人。

已经很久没有这种感觉了。他曾经的理想,或许也就是在这样一个夜晚,有一个能坐在一起、相依为命的三口之家。

这样坐了很久。他站起身，抽出白天买的报纸。

家里没有收音机与电视，这是他每天获取资讯的唯一方式。而这资讯并非港闻大事，却也关乎生计。报纸上经常有些超市打折的消息，还有些优惠的印花贴纸。他便如同很多过日子的阿婆，仔细地剪下来，放在鞋盒里备用。

他戴上老花镜，举起剪刀。就在这时，一幅图片赫然进入视线。图片上是一只黑色的猴子。这是一则安民启事，说得十分明白。西港动植物园走失了一只红颊黑猿，估计在西环与上环一带活动。请广大市民不必恐慌，该猿类为国家级保护动物，生性温和，通常情形下不会伤害人类。如有市民知情，请迅速与警署联络。

他手抖了一下，回头看一眼亚黑，顿时警醒，并倏然紧张起来。他想起，自己的行为，似乎与窝藏相关。如今在议员的帮助下，刚刚获得赦免。如果再有新的案底，恐怕再无生天。那么他们父女两个的将来……

想到这里，他头上已经冒出了密集的汗珠。

他走到了床边，举起了一根香蕉。

亚黑条件反射一样，睁开了眼睛，并咧了一下嘴。他退后了一下。亚黑坐起来，看着他。

他又往后走了几步。亚黑跳下床,亦步亦趋。

抬起头,还是看着他。他看着亚黑毫无戒备的眼神,忽然间心里有些痛。

但脚下的步子,却快了很多。

他打开了门,走出去。

亚黑也跟出去。就这么对面站着,渐渐都适应了暗黑的光线。亚黑轻轻地叫唤,好像婴儿的声音。

他将香蕉放在地上。亚黑捡起来,剥了皮,低下头,一口一口咬下去。

他闪进房间,将门关上了。

他将耳朵贴在门上,听见了几声急促的叫声,很轻。接着,是身体摩擦门的声音。他知道,它想要进来。

他几乎在这时候打开了门,却想起了什么,将门的保险锁按下去了。

第二天,他告诉童童,亚黑从窗户跳走了。

童童看看他,又看看窗子,没有说话。再抬起头,已经没有了笑。

他心里默默祈祷,希望亚黑能快点被人找到,回到属于它的地方。

那时候,他可以带童童去动植物园。他似乎看到了女儿与亚黑重逢时,惊喜绽放的笑容。

他们父女二人再次看到亚黑,是在第三天的中午。

当时,他正在街市里,为一副猪肝,与"猪肉祥"讨价还价。

这时候响起了枪声。

他看到街对面康乐中心的楼顶,有一团黑色的毛茸茸的东西,晃动了一下,从排水管道上跌落下来。

他张着嘴巴,愣了神。过了许久,才想起身边的女儿。

这时候,他看到童童向着街对过奔跑过去,一瘸一拐地。而同时,一辆货柜车呼啸而过。

车身遮住了他的视线。

一些穿制服的人,大声地喊着什么。他听不懂。

突然,他什么也听不见了。

四　新闻稿

(综合报道)(星港日报报道)　日前于本港动植物园走失的红颊黑猿,终被捕获。市民报警,有黑色"甩绳马骝"在西环坚尼地城一带盘桓。警方与消防员接报赶至，见顽猿在西区德福道嘉惠阁露天停车场活动，因其行动敏捷，无法接近，警员只能充当"狗仔队"进行跟踪监视，同时要求渔护署人员和兽医前来协助捕捉。

中午近一时，渔护署人员与兽医赶至。顽猿已逃至西区康乐中心楼顶，兽医遂在距离二十米处，向它发射麻醉枪。其中枪跌落后仍爬上山坡棚架欲逃走，但因药力发作，约十分钟告手脚疲软躺下。

兽医将其放入兽笼，以手推车送至公园兽医室，经检验无恙。稍后，麻醉药力消散，被送返栖身铁笼，"逃狱"五十六小时后才与妻儿团聚。

逃逸期间，此"甩绳马骝"曾大闹中环半山豪宅区，此地区多商贾名流和明星居住。据闻旧山顶道七号金陵阁一谢姓女星，因受到该猿滋扰，惊吓导致精神失常，已送至大青山康复中心修养。

此为西港动植物公园第三宗涉及猿猴案件。最严重一宗乃二零零二年八月二十六日，公园内一头三十岁雄性红颊黑猿，抓伤在笼内清洁的女工右肩。

（本报记者袁午清　二零一一年十二月二十二日）

稿子总算发出去了。真搞不懂，西港人为了一只猴子，也要长篇累牍地跟踪报道了三天。黐线。

不是为了阿玉，我大概不会选择留在这里工作。也不知道她什么时候才能拿到博士学位。

在这里，作为一个媒体人的理想，大概要一天天地磨掉了。想当年刚入行，在《国民日报》做见习记者，已经在国际要闻部跟着外交大佬们做随访。现在倒好，上礼拜陪了渔护署去界限河抓被人弃养的鳄鱼，今天又要伙着西区警署的人去逮马骝。这世道，真是畜生比人金贵了。

出了报馆，突然觉得蚀心的饿。想街角有间久负盛名的小餐厅，还未帮衬过，就走进去，点了一个萝卜牛腩粉。汤头很好，味道浓厚。结账时，还是传统的派头。老伯慢悠悠地收钱，找钱。拿出簿子记下账数。

合上簿子，见面上贴了张白纸，上面写了四个字：死亡笔记。

我笑一笑，走出门去。

抬起头，一天灿烂的好星。

猴子　71

龙 舟

于野的印象里,香港似乎没有大片的海。维多利亚港口,在高处看是窄窄的一湾水。到了晚上,灯火阑珊了,船上和码头上星星点点的光,把海的轮廓勾勒出来。这时候,才渐渐有了些气势。

于野在海边长大。那是真正的海,一望无际的。涨潮的时候,是惊涛拍岸,不受驯服的水,依着性情东奔西突。轰然的声音,在人心里发出壮阔的共鸣。

初到香港的时候,于野还是个小孩子,却已经会在心里营造失望的情绪。他对父亲说,这海水,好像是在洗澡盆里的。安静得让人想去死。

父亲很吃惊地听着九岁的儿子说着悲观的话。但是他无从对他解释。

他们住在祖父的宅子里,等着祖父死。这是很残酷的事情。于野和这个老人并没有感情。老人抛弃了内地的妻儿,在香港另立门户。一场车祸却将他在香港的门户灭绝了。他又成了孑然一人。这时候,他想到了于野的父亲。这三十多年未见的儿子是老人唯一的法定继承人。

祖父冷漠地看着于野,是施舍者的眼神。他却看到孙子的表情比他更冷漠。

这里的确是不如七年前了。

于野站在沙滩后的瓦砾堆上,这样想。他已是个二十岁的年轻男人。说他年轻,甚至还穿着拔萃男校的校服。其实,他在港大已经读到了第二个年头。而他又确乎不是个孩子。他静止地站着,瘦长的站姿里可以见到一种老成的东西。这老成又是经不起推敲的,二十年冷静的成长,使他避免了很多的碰撞与打击,他苍白的脸,他的眼睛,他脸上浅浅的青春痘疤痕,都见得到未经打磨的棱角。这棱角表现出的不耐,是他这个年纪的。

是,不如七年前了。他想。

哪里会有这么多的人,七年前。

中三的时候，于野逃了一次课，在中环码头即兴地上了一架渡轮，来到这里。船航行到一半，水照例是死静的。所以，海风大起来的时候，摇晃中，于野几乎产生了错觉，茫茫然感到远处应该有一座栈桥，再就是红顶白墙的德国人的建筑，鳞次栉比接成了一线。

没有。那些都是家乡的东西。但是，海浪却是实在的。

靠岸了，香港的一座离岛。

于野小心翼翼地走下船，看到冲着码头的是一座街市。有一些步伐闲散的人。店铺也都开着，多的是卖海鲜的铺头。已经是黄昏的时候，水族箱里的活物都有些倦。人也是。一个肥胖的女人，倚着铁栅栏门在烤生蚝。蚝熟了，发出"滋滋"的声响，一面渗出了惨白的汁。女人没看见似的，依旧烤下去。一条濑尿虾蹦出来。于野犹豫了一下，将虾捡起来，扔进水族箱。虾落入水里的声音很清爽，被女人听到。女人眼神一凛，挺一下胸脯，对于野骂了一句肮脏的话，干脆利落。于野一愣神，逃开了。

一路走过，都是近乎破败的骑楼，上面有些大而无当的街招。灰扑扑的石板路，走在上面，忽然"扑哧"一声响，溅起一些水。于野看一眼打湿的裤脚，有些沮丧。这时候看见一个穿着警服的人，骑着一辆电单车，很迟缓地开过来。打量一下他，说，后生仔，没返学哦，屋企系边

龙舟 77

啊[1]。他并不等于野答，又迟缓地开走了。于野望着他的背影，更为沮丧了。

路过一个铺头，黑洞洞的，招牌上写着"源生记"。于野探一下头，就见很年老的婆婆走出来，见是他，嘴里发出"咄"的一声，又走回去，将铺头里的灯亮起来了。于野看到里面，幽蓝的灯光里，有一个颜色鲜艳的假人对他微笑。婆婆也对他由衷地笑，露出了黑红色的牙床。向他招一招手，同时用手指掸了掸近旁的一件衣裳。这是一间寿衣店。

海滩，是在于野沮丧到极点的时候出现的。

于野很意外地看着这片海滩，在弥漫烟火气的漫长的街道尽头出现。

这真是一片好海滩。于野想。

海滩宽阔平整，曲曲折折地蔓延到远处礁岩的脚底下，略过了一些暗沉的影。干净的白沙，松软细腻，在斜阳里头，染成了浅浅的金黄色，好像蛋挞的脆皮最边缘的一圈的颜色，温暖均匀。

于野将鞋子脱下来，舀上一些沙子，然后慢慢地倾倒。沙子流下来，在安静的海和天的背景里头，发出簌簌的声

---

[1] 粤语，意为你家住哪里啊。——编者注

音。犹如沙漏,将时间一点一点地筛落,没有任何打扰。风吹过来,这些沙终于改变了走向,远远地飘过去。一片贝壳落下来,随即被更多的沙子掩埋。头顶有一只海鸟,斜刺下来,发出惨烈的叫声,又飞走了。

于野在这海滩上坐着,一直坐到天际暗淡。潮涨起来,暗暗地涌动,迫近,海浪声渐渐大了,直到他脚底下,于野看自己的鞋子乘着浪头漂起来。在水中闪动了一下,消失不见。

七年,于野对这座离岛的造访,有如对朋友,需要一些私下、体己的交流。

他通常会避开一些场合,是有意识地擦肩而过。清明、一年一度的太平清醮[①]、佛诞。通常都是隆重的,迎接各色生客与熟客。这离岛,是香港人纪念传统的软肋。后来回归了,这里又变成了驻港部队的水上跳伞表演基地。每年的国庆,又是一场热闹。

海滩是纷繁的,然后又静寂下来。这时分,才是给知交的。静寂的时候就属于于野了。他一个人坐在这静寂里,看

[①] 太平清醮又名包山节,是香港长洲海陆丰籍居民举办的一个非常热闹的节日,每年农历四月初六开始。——编者注

潮头起落，水静风停。

但是，人还是多起来。当于野在一个星期二的早晨，看见混着泡沫的海浪将一只易拉罐推到了脚边，不禁皱了皱眉头。观光客，旅行团，在非节假日不断地遭遇。当他们在海滩上出现的时候，欢天喜地的声音掺在海风里吹过来。政府又将海滩开放，帆板与赛艇，在海面上轻浮地划出弧线。

他终于决定，选择晚上来。这岛上喧腾的体温，彻底沉顿。穿过灯光闪烁的街市，火黄的一片。在这火黄将尽的时候，就是一片密实的黑了。

这一天，于野站在沙滩后面的瓦砾堆上，遥遥地望过去。看见涌动的人头，无奈地抖一抖腿。端午这天来，实在是计划外的事情。父亲将那女人接回家里了。若是她老实地待在医院里安胎，于野是不会出门的。

端午，在这座城市，或许是个萧条的节日。这里的人，对春夏之交素无好感，闷热阴湿的天气，可以在空气中抓出水来。端午前后，吃粽子，间或会想起屈原这个人。而到了农历五月初五这一天，平凡人家，通常是轻描淡写地过去。

所以，于野看见海滩在黄昏的时候，竟然缤纷成了一片，实在出于意表。远处有些招展的旗帜。有些响亮的呐喊。望得见穿着不同颜色背心的男人扛着龙舟走过来，一面喊着号子。

待这些龙舟在沙滩上稳稳摆定，于野禁不住走近前。这些船，通体刷着极绚烂的色彩。龙的面目可掬，都长着卡通的硕大的眼，一团和气。龙头被打扮得花枝招展，缠着红绸，插着艾草。

于野倏然明白，这是岛民一年一度的龙舟竞渡。

选手们在岸上热身，供围观的人品头论足。

一个长者模样的人，一声令下，龙舟纷纷入了水。

这时候有鼓乐响起，不很纯熟，气势却很大。于野这才看到，岸上的人群中，还有一群年轻的男孩子，站得笔直，雪白色的制服和黑裤。其中却有两个，底下穿的是斑斓的苏格兰裙。黑红格的呢裙底下，看得见粗壮的小腿。这大概是这岛上应景的乐队，继承的也是传统，却是来自英伦的。

就在这鼎沸的声音里头，过去十几分钟，龙舟遥遥地在海里立了标杆的地方聚了，那里才是比赛的起点。

一面鲜红的大旗，迎风"哗"地一摇，就见龙舟争先恐后地游过来。赛手们拼着气力，岸上的呐喊响成一片，不知何时又起了喧天的鼓声。那是船上的鼓手，打着鼓点控制着摇桨的节奏。

一条黄色船，正在领先的位置。鼓手正站在船头，甩开了胳膊，大着力气敲鼓，身上无一处不动，洋溢着表演的色彩。

于野在这喧腾里，有一种不适。但是，他又逼迫自己看下去。很意外地，耳膜在这击打之下，产生了快感，一触即破。或者说，其实是苏醒了。在祖父的宅子里，沉闷幽黯的流年侵蚀下，退化的感觉，在这喧腾噬咬下苏醒了。

于野不禁跟着呐喊了一声，喊得猛烈而突兀，破了音。他有些羞惭地住了口。但是并没有人听见。他的声音，被声浪彻底地吞没。

这时候，海天相接的地方，波动起来。亮起了火烧一样的颜色，是夕阳坠落。龙舟行进得越发地快，好像也被燎上了火。人们也越发振奋起来，聚拢，再聚拢。

到了冲刺的阶段，却有一条红色的船，一连超越了好几条，最后超过了黄色的那条，到了近岸的位置，居了第一。

裁判将大旗插到红色龙舟的船头上。于野心里一阵怅然，觉得失之交臂。

与铺垫相比，这龙舟的赛事，过程太过简洁。

乐声又响起。这回却不同，没有嘈杂，是那两个穿格子裙的男孩，吹奏风笛。苍凉暗哑的单纯声响，远远铺展，和这雀跃的背景有些不称。

暮色到底降临，使得这表演的性质近乎谢幕。

人渐渐都散了。乐队的其他成员，开始交头接耳。龙舟又被扛起来，缓缓挪动开去，这回没有人喊号子。龙头上巨大的眼睛和喜乐的面目，未得其所。吹奏风笛的男孩子，并排地迈动步伐，吹出的声音更沉郁了一些。两个人，脸上令人费解地庄严肃穆，好像是参加丧礼的乐师。这时候，于野看见一个白色影子，缓缓跟随这支乐队，消失在暗沉里。

人终于走光了。海滩上再次安静。这安静是属于于野的。他欣慰地叹一口气，坐下来。

于野四望一下，确信这是他熟悉的那个海滩。海那边汇聚了一些褐色的云，月亮升起来，在云的间隙里行进，渐渐躲到礁岩背后去了。温度下降，有些凉。

他眯起眼睛，将这海滩的轮廓梳理一遍。看见瘦长的影子，那不是这海滩惯有的。是一个弯曲的昂首的形状。于野站起来，遥遥地望过去，仔细地辨认，发现是一只被遗落的龙舟。

这龙舟在这沙滩上，笼在月光里头，分外安静。没有了游弋的背景，终于成了一个死物。

于野走过去，摸一摸那龙的头，还是潮湿的。彩色的绸成了精湿的一条，有气无力地搭在龙角上。角上挂着一支桨，桨叶缠上了水草。于野拎起来，突然，有什么东西落在他脚上，窸窸窣窣地，惊惶间爬走了。是一只小蟹子。

于野吁了一口气，扔下船桨，转身要走开。

背后有风，响动织物的声音，隐隐间有些寒气沿着耳畔袭来。

于野回过头，看见一个白色的身影立在船尾。

白色的身影说，你在做什么。

于野站在原地，慌乱了一下，镇静下来。因为这声音很好听，有着游丝一样的尾音。

于野说，没干什么。

白影子走过来。是个女孩子。看上去和于野的年纪相仿。她抬起头，撩开头发，是张苍白圆润的脸。

你不是这岛上的。

于野没有答话。看女孩的白裙子在海风里飘扬起来。这裙子的质地非常单薄，绢一样。于野想，她会觉得冷。

女孩凑近了一些，打量他，然后说，原来是拔萃的，名校。

于野抬起手，有些不自在，挡一挡衬衫上的校徽。一面说，毕业了。

女孩笑了，笑得有些发苦。这时候月光亮了一些，于野看清楚了她的面目。女孩长着那种细长上挑的眼睛。眼角很锋利地向鬓角扫上去,大概就是人们说的凤目。这在广东人里是很少的。

这眼睛的形状,让她的神情变得有些难以捉摸。女孩说,毕业了还穿校服,扮后生?

于野说,对,扮后生。

女孩问,你是不是常来这里?

于野想一想,点点头,又有些不甘心地问,你怎么知道?

女孩眉毛挑起来,像在于野身上寻找什么。于野听见她轻轻地说,你虽然不是这岛上的人,但你身上有这岛上的气味。

女孩说了这句话,朗声笑起来。这笑声在夜风里打着颤,有些发飘。

于野皱一皱眉头,觉得这笑声不可理喻。但是,不由己地,他觉得这陌生的女孩的笑声,吸引了他。

待女孩的笑声平息了,于野鼓起勇气,问,你是这岛上的?

女孩的神情,突然变得严肃了,她说,是吧。

于野不知如何接,轻轻地"哦"了一声。

女孩遥遥地指一指岛的西边,说,我住在那里。

为什么来？来看龙舟竞渡？

女孩拢一拢裙子，在海滩上坐下来。同时指了指身边，于野愣一愣，也坐下来。

女孩侧过脸看他一眼，头发被风吹动，发稍掠向一边。颈上的皮肤很白，看得见透明的、青色的血管。女孩并没有说更多的话，于野感觉到有一股凉意袭来。

女孩说，听你的口音，你不是在这儿出生的。

这句话刺痛了于野，却也在静默之后，为两个人的交谈打开了一个缺口。

于野抓起一把沙子，缓缓地，任沙子从指缝中流下来。

他想起了母亲。

来到香港的第一年，母亲去世。父亲是于野唯一的亲人了。这个寡言的男人，为打理祖父的公司，未老先衰。原本不是做生意的料，做到了鞠躬尽瘁。败顶，大肚腩，外加风湿性心脏病。没有恋爱，偶尔有性。不同的女人在家里出入，如同走马灯。然而，有这么一天早晨，一个女人让于野感到面熟。这个女人从干衣机里，拿出衣服，一件件叠好。看见于野，将整齐的一摞，衬衫、睡衣、底裤递到他手上。说，你的，拿好。

于野脸一红。将衣服掷在地板上。

七年过去了。

这面目朴素的女人仍然没有名份。

每年于野的生日礼物,都是她买的。如果是应景也就罢了。但偏偏每样礼物都买到了于野的心坎里。于野是个物欲淡漠的男孩。只喜欢极少数的东西。当十二岁那年,他看见书桌上多了一只限量版的咸蛋超人。这玩具曾令他朝思暮想,那感觉如同折磨。

他拒绝。女人捉过他的手,将礼物放在他手里。

那是双绵软温热的手。

女孩说,以前,端午赛龙舟,要先唱龙船歌。你听过么?

于野摇摇头。

女孩轻轻哼唱,于野听不懂词句,但觉出了旋律的沉厚。女孩唱一段,将歌词念出来。"锣鼓停声,低头唱也,请到天地初开盘古皇,手拿日月定阴阳,先有两仪生四象,乾坤广大列三纲……"

女孩说,这是首古曲,早就没人唱了,是家传的。我们家没有男丁,祖父就教给了我。

于野静静地听。这歌很长,女孩不知疲倦地唱下去。

他想起，女人也是爱唱歌的。最爱唱一首《茉莉花》。

好一朵美丽的茉莉花，好一朵美丽的茉莉花，芬芳扑鼻满枝丫，又白又香人人夸……

那晚女人唱着这首歌。于野经过她的房间，门虚掩着。于野看见她的身体。女人在父亲身上扭动，好像一只白海豚。于野只见过一次白海豚，在屯门。光滑丰腴的白海豚，从海面上一跃而起，同时甩了一下尾巴，发出暗哑的叫声。

他看见父亲放下手中的红酒，走过去，抚摸她，将她穿好的衣服剥落，如同蝉蜕。他看见她跨坐在父亲身上，再一次地，如同白海豚一般呻吟，浅唱。父亲发福的身体上，颠簸中的，是她滑腻的背与臀。父亲是她的船，在欲望的海潮中，且停且进，渐行渐远。突然，她禁不住嘶喊了一下，这声音令于野忍无可忍。他在膨胀中，挣扎着走了几步，拉下了电源总闸。

黑暗中，于野欣慰地听见，这对男女从欲望的潮头，掉落下来了。

夜里，于野梦见自己骑在一头白海豚身上，白海豚平稳地游动，忽而在空中翻腾了一下，他也跟着它旋转，翻越，在茫茫然的海浪中穿梭，起落。然而，就在他们缘着最高大的浪峰攀登的时候，他感到背上一阵锐利的痛。他回过头，看到父亲手中的匕首，滴着血。他虚弱地在空中抓了一下，击打了一下海面，慢慢地，慢慢地跌落在阴冷湿滑的海底。

于野猝然醒来，坐起，见自己笼在清亮的月光里头，无处藏身。他愣一愣神，羞惭地将底裤脱下来，扔到了床底下。当他放学回来的时候，看见那条底裤正与其他衣服一起，在阳台上湿漉漉地滴着水。女人放下手中的晾衣竿，回过头，对他笑一笑。笑得很温柔。

于野突然觉得喉头发干，他从包里拿出一听可乐。想一想，又拿出另一瓶，递给女孩。

女孩侧过脸，看见可乐铝罐。突然惊叫一声，她掩住面，嘴里说，拿开，拿开。红……

女孩神经质地抖动，将头放在膝盖间。于野突然感到厌恶，但是，他还是将可乐放回包里。

女孩说，我要走了。

于野并没有抬头。

月亮已经升到头顶。一轮上弦月，发着阴阴的光。

于野看见海滩的东边，是一排长长的建筑。偶有一两个窗子亮着灯。其中一个在他看的时候，迅速地熄了。

龙舟

这些混凝土的小楼原是民居，后来因为来岛上的人多了，便被岛民改建成了简易的度假屋。只是看起来，生意并不景气。

于野是不预备回家去了。踌躇了一下，向那边走去。

经过了刚才落脚的瓦砾堆。于野突然停住，他揉一揉眼睛，看到一堆碎石下面，无端地开出一枝艳异的白色花朵，在夜色里招摇得不像话。于野看一看，更快走过去。

度假屋外面，有一个门房。看起来兼营着小卖部的营生。卖零食和饮料，租借烧烤工具。在醒目的地方，还摆着各式的安全套。于野扫了一眼，一个精瘦的男人走过来，说，要浮点的，还是水果味的？新货。

于野说，我要住店。

男人拿出一本簿子，问，一个人，过夜吗？

于野抬头望一眼黑黢黢的天，说，嗯。

男人戴上眼镜，打量他一下，说，身份证。

于野将身份证掏出来，男人看一看，又向他背后扫一眼，说，没别人吧。

于野并没答他。男人自说自话，现在做生意不容易，小心驶得万年船。去吧，303。往左拐，第二个门洞。

于野上了楼，听见木楼梯在脚下吱吱嘎嘎地响。

上到三楼，找到303，看见似乎新漆过的一扇门，本应该是亮蓝的颜色，在日光灯底下有些发紫。

于野掏出钥匙，打开门。一百来呎的房间，里面还算整饬。墙上贴了淡绿的墙纸，星星点点地缀着草莓的图案，经了年月，有些旧。靠墙砌了一个木台，上面摆了个床垫。床单和被罩也是淡绿的，透着白，看得出洗了很多次。电视是有的。打开冷气机，隆隆的声响过后，房间却也凉快下来。

靠阳台的地方，居然还摆了一只电饭煲。于野将锅揭开来，里面摆了整齐的一副碗筷，只是碗沿上残了一块。

于野将阳台的门打开，腥咸的海风吹进来，味道有些不新鲜。听得见海浪迭起的声音。月亮已经不见了，眼前是界线模糊的一片黑。在靠近礁岩的地方，辨得出有一条弧形的影，那是被人遗落的龙舟。

这房间里有个仅容得下一人的小浴室。没有门，挂了一个粉色的半透明塑料帘子。于野将帘子揭开，看见迎面的白瓷砖墙上，赫然八个黑色大字：

　　禁止烧炭，违者必究。

浓墨重彩。

于野想起男人看他的眼神。明白了。这几年，来离岛烧炭成了香港年轻人流行的自杀方法。多半是为殉情。于野倏然感到这警告的滑稽，烧炭如果成功了，谁又去追究谁。

不知道这里是不是案发现场，这样想着，他笑了一下。将水龙头打开，热水不错，有些发烫。

于野脱了衣服，冲洗。浴室里摆了浴液，于野挤了些在手上，是廉价的香橙味道。他皱皱眉头，将水开得更大了一些。帘子受了水的击打，雾气缭绕间，颜色陡然变得妖娆，似是而非的桃色。

他关上水龙头，热气散了。镜子里是张苍白的脸，发着虚。

浴室里有一条浴巾。于野没有用。湿淋淋地出来，将衣服铺在床单上，躺在上面，晾干。天花板上有些赤褐色和黄色的痕，大概是因为雨天阴湿，蜿蜒流转。

这时候，于野听见敲门的声音。他没有动弹，声音更急促了一些。他猛然坐起，将浴室里的浴巾扯过来，裹在腰间。打开门，看见精瘦的男人手里举着一条钥匙，说，你落在门上了。后生仔，小心点。他接过钥匙，关上门。

回过头，却看见一个人立在眼前。是那个女孩。

她还穿着晚上的白裙子，头发泛着潮气，披挂在肩头，在灯底下闪着光,仿佛幽黑的海藻。

于野的眼神硬了一下。他走近一步,将女孩揽在怀里。当他使力的时候,女孩挣扎,浴巾落下来。

他用嘴捉她的唇,她偏开脸去。他箍紧了女孩的腰。女孩绵软在他臂弯里,像一匹纤弱轻薄的白色绸缎。这种感觉刺激了他。于野摸索着,要将裙子剥落下来。那裙子却滑腻得捉不住。他一使劲,索性将它撕裂了。

这裙子里,只有一具瓷白的身体。

这身体也是半透明的,颈项间,胸乳,肚脐,甚至私处都看得见隐隐的绿蓝的血管,底下有清冷的液体流动。

于野感觉这身体深处的凉意,在侵蚀自己火热的欲望。

他等不及了。他进入她,同时打了一个寒战,像被冰冷的织物包裹住了。这虚空感让于野在匆忙间没着落地抖动,无法停止。

他想起那女人的身体,不是这样的。

暑意褪去的十月夜晚。那身体走进他的房间。将他胁裹,他感到的只有热,砥实的火一样的热。燃烧他,熔化他,将他由男孩锻炼成了男人。

那样的热他只经验过一次,却让他着魔。

他跪在那女人脚边，哀求她。他要她给他，就像她给他咸蛋超人。

女人抚摸自己的膨胀起的腹部，摇头，然后轻轻捏他的脸，用激赏的口气说，孩子，好样的，一次就搞出了人命。比你老子强一百倍。

他说他不明白。

女人冷笑，你造出了你爸的另一个继承人，他会抢去你的饭碗。

他回忆着那女人给他的热。在诅咒中，又使了一下力，同时感受着身体冰冷下去。

女孩只是微笑地看着他。他猛醒，想抽身而退，却动弹不得，更深地嵌入进去。仓皇间，他咬紧牙关扇了她一巴掌，他看见明艳的血从她嘴角流出来。这时候，有冰凉的液体滴到他背上。他转过头，看见天花板上，赤色的裂痕间，正充盈着红色的细流。汩汩地，在他头顶积聚成硕大的艳红的水滴。

第二天清晨，天亮得很早。

阳光照进来，落在年轻男人赤裸的身体上，他已经没有声息，但是神情松弛，脸上还挂着笑意。

沙滩上很热闹，一些人七手八脚地拖动一条龙舟。龙舟神情喜乐，在海潮迭起的背景中，栩栩如生。而瓦砾堆旁边，也聚拢了一些人。遥遥地有一辆警车，开动过来。

渐渐人头攒动，原来，半年前失踪的女孩，骨殖在瓦砾底下被发现，已经腐烂，难以辨别。

女孩白色绸缎衣服的碎片，却十分完整，在阳光底下熠熠生辉。

正在搜集物证的女法医，突然惊叫。人们看见这面色羞红的年轻女人，颤抖着对警司说，她在尸体里发现了男子新鲜的精液。

圣彼得医院里，一个女人临产。女人在凌晨时突然阵痛，被从家里送过来。因为婴儿体型巨大，只好进行剖腹产。手术室外，是忧心如焚的中年男人。他心神不宁地给夜不归宿的儿子打电话。无人接听。

一个钟头过去，传来嘹亮的啼哭声。所有的人松了一口气。

初生的女婴，在众人的注视下，突然间停止了哭泣。她打了一个悠长的呵欠，倏然睁开了眼睛。成人的眼睛，眼锋锐利，是一双凤目。

龙舟　　95

杀鱼

阿金血头血脸地跑过来，我就想，准是东澳的鱼档，又出了事。

这一天响晴。其实天气是有些燥。海风吹过来，都是干结的盐的味道。我站在游渡的一块岩石上，看着阿金跑过来。嘴里不知道喊着什么。

风太大，听不见。

待他跑近了，我才听清楚。他喊的是，佑仔，快跑。

仆街的海风。

我们一路跑。七斗叔刚从邮政局里出来，单车还没停稳，"哐"地一声被撞倒在地上。顾不得扶，接着跑。经过龙婆的虾干。抵死，她永远把虾干晒到行人路上。金灿灿的一片，给我们踩得乱七八糟。龙婆窝在她的酸枝椅里，站起身，中气十足地开始骂街，骂我们有娘养没娘教。

阿金回过头，脚步却没停，喊说，阿婆，我是有奶就是娘，你喂我一口得啦。

龙婆的声音也淹没在风里了。

并不见有人追上来，可我们还在一直跑。跑着跑着，不再听到周围的声响，除了胸腔里粗重的呼吸。也觉得自己在跑，倒好像是经过的东西，在眼前倒退。村公所，康乐中心，士多店，警署。新调来的小巡警，倒退得慢一些。他开着迷你的小警车跟在我们后面。

跑到了没有人的地方，澳北废弃的采石场。

我们瘫在一块大石上，躺下来。

这时，太阳正往海里沉下去。西边天上就是大片大片的火烧云。重重叠叠，红透的云，像是一包包血浆，要滴下来。滴到海里，海就是红的。光也是红透的，染得到处都是。我和阿金一样，成了个血头血脸的人。

整个云澳，是血一样的颜色。

这是我们住的地方。我生下来,就住在这里。

是的,我们村,叫云澳。

它有另外一个名字,叫"东方威尼斯"。

小时候,听青文哥说,威尼斯是个多水的城市,在一个叫意大利的欧洲国家。我就去查地图,这个国家,是在长得像靴子的半岛上。

我想有一天,我要去威尼斯看一看。因为我心里,总是有些不服气。为什么要叫我们"东方威尼斯",而不叫威尼斯"西方云澳"呢。

阿金喘息着,说,丢,你说,我们就这么躺着多好。最好永远起不来。

我呸他一口,说,大吉利是,你躺你的,躺一世都行,唔好带上我。

唉,你说,阿金用胳膊捣我一下:他卖他的蚝,井水不犯河水,凭什么说我们的蚝仔有毒。

我就知道了刚才我们搏命跑的原因。阿金为了维护尊严又和人干了一仗,没打过人家,落荒而逃。我就说,金哥,你开了个鱼档,倒好像开了个擂台。打遍云澳全敌手。

阿金看我一眼,一拳打在我胸口。兄弟,练这一身的腱子肉,不是用来勾女的。英雄要有用武之地。

丢,什么世道。看我早晚收拾了他。阿金仰着脸,长叹一声,咱们手上得有带火的。

远远望见家里的水寮亮着,知道阿爷还没睡。

阿爷坐在门口,半蹲着,杀鱼。

我站在他面前,轻轻叫,阿爷。阿爷没抬头,也没应,用脚点一点边上的火水灯。我拎起灯,灯光浅浅射出来,正照着阿爷的脸。影子就拉得老长,折在对面的泥墙上。

自从我跟永利叔拜了码头,阿爷就不和我说话了。

阿爷在杀一尾大头鲔。鱼还是鲜活的,阿爷抄起九寸刀,猛扬起手,刀背重重落在鱼头上。鱼扑腾一下,又一下,就不动了。阿爷踩住鱼头,右手执刀自鱼尾一刮,鱼鳞就落下大半。翻转了鱼身又是一刮。然后刀尖一转挑出鳃,划开鱼肚,掏出鱼鳔和暗红的内脏。利利落落,前后不过一分钟。

阿爷洗了洗手,又用草木灰将刀擦一擦。端起盆走出几步,泼出去。转身回屋去了。留了我一个,看着泡了鱼血的水,在地上蜿蜿蜒蜒,流到脚边来了。空气中就渗出一股浓浓的腥气,散到夜里头了。

说起来,阿爷杀鱼,在我们云澳是一绝。就凭着一柄刀,快,准,干净。打老辈人开始,这技艺就渐渐没落。澳东的渔场,杀鱼都机械化了。可是村里的人,还是来买阿爷杀的鱼。说都是鱼,阿爷杀出来的,特别鲜。

我小时候,阿爷还是在场上杀鱼的。刚起网的鱼,活蹦乱跳。阿爷三两下就收拾了。码上盐,整整齐齐地排在码头上。

十多年前的渔场,还很宽绰。人和船,都没有这么多。阿爷杀累了,就叼着烟斗,坐在马扎上打瞌睡。我依着他。阳光穿过晒满虾干的吊网,星星点点,筛在我们身上,暖融融的。那天,我记得清楚,突然来了群穿得花花绿绿的人,围上来,对着我们拍照。我没拍过照,怕得很,"哇"地就哭了。阿爷不作声,拎起木桶,蹲到一边去,杀鱼。那些人跟过去,一边看,一边用我不懂的话叽叽喳喳。女人们发出惊叹。闪光灯一阵响。

傍晚,家里就来了个男人。给了一张名片,跟阿爷说,是旅行社的。说刚才一群日本游客,看阿爷杀鱼的技艺,欣赏极了。他们公司正在开发云澳的乡土旅游线,希望能和阿爷合作,请阿爷常驻在渔场表演杀鱼。酬劳比老实卖鱼可丰厚多了,游客多了还能提成。

阿爷不说话,埋着头磨刀,摆摆手。那人还在叽叽咕咕,不肯走。阿爷忽然站起身,扬起九寸刀,唰地飞出去,

杀鱼

狠狠钉在了门板上。那人就逃出去了。

这些事,我当时是不懂得的,只是没见阿爷发过这样大的火。阿爷后来讲给我听,阿爷说,人不是马骝,杀鱼也不是杂耍,要演给谁看!

阿爷再也没有去场上杀鱼了。

早上起来,看桌上摆着碟菜脯蛋,还有一碗蚝仔粥。阿爷已经出去了。我知道,今天初六,阿爷去后山祭我阿爸了。我阿爸现在只有两个人祭他,就是我跟阿爷。我六岁的时候,阿爸在海上出了事,一年后阿妈就改了嫁。阿妈要带我走。阿爷不说好,也不说不好,只是执了一柄刀,站在大门口。阿妈放下我,再也没上门。

以往,阿爷去祭阿爸,带上我。在坟上浇上半坛自家酿的粟米酒,然后坐下来,自己喝掉剩下的半坛。也给我饮。我醉了,他就背着我,下山去了。有一次,我趴在阿爷背上,听见阿爷哑着嗓,唱一首我听不懂的歌。唱到一半,不唱了,就听见他小声地哭起来。

那是我唯一一次听到阿爷哭。我就想,我长大了,就好背着阿爷上山看阿爸了。可是,现在阿爷不和我说话了。

我喝了粥,还是眼困。就又去睡了。

蒙蒙眬眬地,梦到一条鱼。那条鱼围着我打转。身上的鳞片闪得晃眼睛。它游过来,靠近我,蹭一蹭我的身体。滑腻得不得了,又湿又暖。我想摸摸它,它一摆尾,就不见了。

这时候,一只手大力打在我裆上。我疼得一激灵,醒过来,看见阿金的脸,挂着贱笑。

我正要发火。他先躲开一步,说,死衰仔,仲困!发紧春啊,扯旗扯到鲗鱼涌了。

我一低头,瞥见自己的下身,脸也红了。我翻过身去,闷一声,去死喇。

死阿金又一掌,拍在我屁股上,说,快点起身啦,知你个大头虾不记得,今年杨侯诞,说好给利先叔帮忙的。你冰山阿爷都在场上了。

我这才想起来。一个鲤鱼打挺,套上背心,推着阿金就往门外走。

码头上已经很热闹了。

阿武哥和几个后生,扛着狮头向竹桥走过去。这道桥跨越涌口,连接杨侯庙跟对岸的戏棚和花炮会棚。这竹桥是前些天搭起来的,我也有份帮手。桥替了茂伯的云水渡。诞日人太多,也怕他两边船来船往忙不过来。这时候正涨潮,桥底的水哗哗响,欢快得很。

我和阿金跑过去,接过其他后生的家什。阿武扫我们一眼,恨恨说,你们两个懒骨头,只会在利先叔跟前扮嘢。

阿金吐一下舌头,说,谁能逃过武哥的火眼金睛。

杨侯庙跟前,已经聚集了许多人。多数的花炮会已经祭拜过了,这会儿正掷杯"抢花炮"。听阿爷说,早些年真的是用抢的。后来跟邻村伤了和气,才改用了抽签和掷杯。算是一年的运势,天注定吧。

舞狮的时候,我格外卖力。说起来,掌狮头的,要有身个儿,要腰力好,还要有股子机灵劲儿。前些年都是青文哥。这小子后来出息了,考上了公务员。不和他们这群小孩儿玩了。也是利先叔,一拳擂在我胸口,说阿佑也大个仔了,扛得起狮头。这才轮到了我。

今年坑头村的狮子舞得格外生猛,锣鼓似乎也和我们铆上了劲儿。我不睬他们,步子沉下来。脚底不能乱了阵。我知道,利先叔正盯着呢。这会儿利先叔坐在庙门口,半眯着眼,手里摇着把蒲扇。其实什么都看得清楚。步法走错了,鼓点没跟上慢了半拍了,都休想逃过去。

利先叔五十的人了,没一点老花,目力好过后生仔。他说他少年时,生了眼疾,他阿妈剜了自家猫的一对眼睛,裹在龙眼里喂他。他眼好了，抱着瞎猫的尸首哭。他阿妈一个巴掌扇过去，说，不想被人剜了眼，就先得剜了人的眼。

利先叔不是心硬的人。他跟我们说得最多的，是"以和为贵"。每年杨侯诞，他捐的供奉，也是几条村最多的。利先叔说，庙立在宝珠潭，可是有风水的讲究。这宝珠，正在大屿的狮山与龙脊水口之处。所谓狮龙争珠多苦厄，是要伤及乡邻。这杨侯是南宋二帝护主的忠臣。建侯王庙，才可镇住狮龙，碑文上有"庙得宝而显"，不为自家，而在忌惮左右，说到底，只为一个"和"字。如今云澳民安物阜，也正在一个"和"字。

舞狮要靠一把气力，一个钟工夫，汗里外湿了个透。阿金帮我把行头卸下来，悄悄跟我说，我看见你阿爷了。

我拧着身体，踮起脚，看散去的人群。这时候响起了小孩子的哭声。天有些暗下去了。

晚上和伙计们吃围菜，又喝了许多的酒。喝到了醉醺醺，阿武说，丟，大头那边，是要有心看我们的好看。他们去年从珠海横琴进的蚝苗，到秋天死了一半。今年改从高栏进。上个月食环署来了人，一查，镉铅都超了标。

阿金愤愤地说，丟老母！谁叫他们贪便宜，怪不得找我们麻烦,是贼喊捉贼。

阿武说,现在他们嘴大,说我们跟外乡人赚不义财。我们把蚝卖给外国人,怎么就是不义财。本地人都去吃美国蚝。难道要我们学那些老人家,守着自己养的蚝臭掉。佑仔,你阿爷是头一个,给他们鼓动坏了,见我们就骂。

我低下了头。

阿金摔了只酒瓶在地上,摇摇晃晃地站起来,说,这帮衰仔,就是欠整治。

话未及落音,一只手猛地打在他后脑壳上。

整治,你要整治谁,整治了他们你就有生意做了?利先叔铁青着脸,不知什么时候进来的。

我们默不作声,看着地上的碎玻璃片。谁也不敢看利先叔。阿金也低着头,牙齿缝里却迸出话,凭什么要受这份窝囊气,拼回去,大不了一个死。

利先叔没再说话,半晌,手搭在了阿金的肩膀上:后生仔,死说说容易,这世上,多少人活都没活够。叔我见过的死人,比你们见过的活人还多。

阿金也没话了。

关于利先叔,有许多传闻。可都不完整,所有人的印象,似乎都是东拼西凑来的。

不知哪一天,他就出现在我们村里。无家口,是一个人。说话带客家腔。对这外姓人,村里人始终不待见。他倒是不夹生,见人说话。陆续又知道,他是流浮山过来的。从他阿爷起,家里就养蚝。家里有一亩的蚝排。那地方风水好,天水围西边,后海湾畔。因为临近珠江口,有淡水流入,养出的蚝,鲜嫩汁厚。

他说这村里本来风水停静。可就有天晚上,他照旧睡在水寮里。水寮四面透风。寮底下浪赶浪,将暑热气都赶了个干净。凉快。那天,他正睡得迷糊,就听见寮底有碰撞的声音。他以为是浪赶来的海货与杂物,没当一回事。可声音不断,"吭吭"直响,他就从地板的缝隙往下看。这一看,却碰上了另一双眼睛。也直勾勾地看他。他自然吓得一身冷汗。再一看,那眼睛一动不动地瞪着。是张青灰的脸。他一个激灵,叫醒了阿爸。父子两个,蹚着水下到海里去,乘着月光终于看见,水里躺着的,是个死人。

他爸先遮了他的眼。但他还是看清楚,是个淹死的女人,浑身赤条条。利先叔说,那是他第一次看见女人的身体。已经泡得胀鼓鼓的,一对大奶,却摊得像两个面饼。阿爸让他先回寮上去,可又把他喊下来。他下来才见,原来寮底下还有两个人,却是趴在水里,也是一丝不挂。是男的。

他至今不明白。后来他见过很多淹死的人,男的都是脸

杀鱼

朝下,女的都是脸朝上的。

他知道他阿爸要他搭把手,父子两个,将尸体拉上了沙滩。他竟然也没有很害怕。

阿爸说,是偷渡的。

这时候月亮更亮了些。他便看见,几具青紫的尸身上,是累累的伤痕。阿爸说,可怜。退潮了,他们游不过来,困在了蚝田里,给蚝壳刮成了这样。

阿爸伸出手,将那女的眼阖上。但阖上,却又弹开。仍是直愣愣的一双眼。阿爸便说,我应承你。帮你料理后事,不要日晒雨淋。

那眼,再阖,居然就闭紧了。

父子两个,就把尸体给埋了。没有报警。

七二年,大陆还在闹"文革",闹得许多人都活不下去了。利先叔说,那时候,广东人家,都将"督卒"看作唯一的出路。所谓"督卒",就是从水路偷渡香港。就像是捉棋,是有去无回的。一个家里有一个"较脚"[1]成事的人,就算是幸事。

利先叔说,那是他第一次看见偷渡客。原本流浮山并不

---

[1] "较脚"指偷渡香港。——编者注

是偷渡落脚的地点，只是因为沙头角、梧桐山的陆路、网区，看管得比以往森严了很多。探照灯、岗哨、警犬，都是要人命的。所以，偷渡客才开始从后海湾铤而走险。其实也的确是险着。东西线的水路，风大浪大，也是九死一生。

往后的日子，利先叔便看了太多的死人。淹死的，给鲨鱼吃到缺手断脚的。看多了，心也就木了。

有次，他看到海滩上躺了一个人，一动不动。他大着胆子走过去，见那人躺得直挺挺的，耳朵上架了副眼镜。他就想起，村里教书的先生也有一副。先生是让人尊敬的人，连带他的眼镜，也让孩子们羡慕。他就小心从那人脸上取下来，才看清是个很清秀的年轻人。

他在心里可惜了一下，就回了家。阿爸见他架着副眼镜，问起来。他照实说了。阿爸就一个耳光扇过来，说，扒死人的东西，是最不义。

就带着他，到了海边。那人的尸身还在。阿爸叹口气，将眼镜架到他耳上。却听见一阵响。尸身颤动了一下，接着是猛烈地咳嗽，吐出一口水，醒转过来。是个活生生的青年人。

青年人慌张了一下。阿爸说，别出声，跟我走。就默不作声带着他回了家。换了干净衣服，爽净的一个人。利先叔说，那人说的是广州的官话，很好听。说自己是知青，下放

杀鱼

了这么多年,也回不了城。心也绝了,才想游水过来。阿爸问他老家有人吗?他苦笑下,摇摇头,说爸妈手牵手跳了楼。再问起香港的家人,又摇摇头。阿爸说,后生仔,眼下要靠自己了。

天发白的时候,阿爸背着阿妈,塞给青年人一个烟壳。里头有些钱,还有一张路线图。烟壳上写着一个地址。阿爸少年时的老友记,在湾仔开丝厂。

那青年人离开,远远在山脚下,对阿爸跪下来,磕了一个头。

我们问过这年轻人的下落。利先叔笑一笑,说,算是不错了。我们问起怎么不错。他停一停,说了一个名字。我们都吃了一惊。这个长年在报纸上出现的老富豪,戴着眼镜,不苟言笑,很难和利先叔口中的年轻人联络起来。

阿金很兴奋,问他来探过你们未?利先叔说,第二年,我阿爸就肺炎过身了。也没见过他了。

他兴许来过吧。整条村动迁,他也找不到我们了。

对于利先叔为什么只身一个,从流浮山来到云澳,还是没人知道。只知道原先他在恒安伯的渔场帮手。后来买下了一个养殖场,种蚝。利先叔是村里第一个引进"筏式吊养"

的洋法子养蚝的人。以往村里的人，除了圈海采野蚝，了不起了，就是"插竹"放蚝排，已经算是顶顶先进了。那天利先叔买的设备运过来，多少人都去看。看的时候兴高采烈，看后却都骂。说什么机械化，就是给蚝仔坐监，将蚝当鸡喂。这样养出的蚝仔，不知味道多寡淡。老辈人干脆说，这个外乡人，是成心要破坏云澳的风水，真是没阴功。

可是，到了冬至，收蚝的人来了，利先叔又出了风头。他养出的蚝量大，又肥又鲜。粉少，蚝品又是上乘。"本土派"们辛苦一年出的货，倒是少人理会，时时拍乌蝇[①]。骂利先叔的人便更多起来。我阿爷就是一个，说这个人忘本，总归不得长久。可我问他怎么忘本，他又说不出，就是念叨我们张家，是张保仔的后代。若不是祖先给清廷招了安，现在还纵横海上，惩恶济民呢。这一段，我都听出了茧子来。也不知道老祖宗和利先叔，怎么就水见到火了。

又过了些时候，就传来了风声。说利先叔扩大了蚝场的规模，以往请的工人不够了，问村上的年轻人要不要跟他一起干。这一年，武哥、阿金和我，都上到了中五。我们不是青文哥，没有他的好脑筋。读书不说是受罪，也是嘥时

[①] 粤语，指生意清淡，店员们闲着没事干，只好拿着卷蝇拍拍苍蝇。——编者注

杀鱼　　113

间。我们三个一合计，觉得这外乡人没坑我们。中环在闹金融风暴，大学生都找不到工。这么高的工资，谁要跟钱过不去。我们就击掌为誓，到他那边去上工。家里人，能瞒几天是几天。

可是哪里瞒得住。阿爷三天后就知道了，执了一柄刀，在蚝场截住了我。

利先叔以为他要动粗，就挡在前面，说，阿伯，有话好好说，到底是自家孩子。

阿爷阖一下眼，不望他，说，我同我孙子讲嘢，外人起开。

阿爷扔了一条大眼鲷在我跟前，佑仔，我给你一个字[①]，你把这条鱼给我杀干净。你收拾利落了，由得你跟这外乡人干什么。

九寸刀也掉在我面前，"哐当"一声响。

我捡起刀，心里慌慌的。说起来，吃了快二十年的鱼，这杀鱼刀，没碰过几次。有阿爷在，何曾轮到我动手。

我让自己静下来，脑子里过一遍阿爷的手势。心一横，就下了刀去。去鳞，劈肚，放血，清鳃。依次下来，竟也有模有样。眼看一条鱼在我手里渐渐干净了。我心里装着一个

---

① 粤方言，指五分钟。——编者注

字，到最后有些走神。采鱼胆的时候，手一抖，割破了。绿色的胆汁溅出来，溅到我脸上。有一滴渗进嘴角，苦得很。

我不敢抬头。

阿爷说，杀条鱼，你看到的是一个字。心里要装着一个钟①。

阿爷站着不动，等我跟他走。我起身，停一停，却匿到利先叔身后去了。

利先叔张一张嘴。阿爷手一抬，止住他。弯腰捡起刀，转身就走了。

我看着他越走越远。在落下的太阳里头，阿爷的身形有点佝偻了。

我知道，阿爷看我舞狮子了。可这会儿他在哪儿呢。

阿金拍了我下肩膀，我才回过神。他说，走，看夜戏去。利先叔捐了三台戏，要唱到天亮呢。

戏棚里很热闹。村里的人，难得聚得这么齐。台上是个很老的小生，正咿咿呀呀。这一出《追鱼之仙凡配》，是阿爷最爱看的。我这么想着，禁不住东张西望。没看到阿爷，倒看见了一张熟悉的脸，是秀屏。

---

② 粤方言，指一小时。——编者注

杀鱼　　115

看见她，我心里动了一下。秀屏是我中学同学，同班，一直到中三。后来，她跟她爸妈搬到荃湾去了，再后来听说考上了城大。要说我们村里，出了文青这个状元，那秀屏就是女秀才了。秀屏又好看了些。那时候，她就和村里其他叽叽喳喳的细路女不一样，像个大家姐。有次正上着课，我一错眼看见她。在阳光里头，见到她脸上有一些很细很细的绒毛，是金色的。

不知道这些绒毛，还在不在呢？

阿金看我呆呆地望，就也望过去，"扑哧"一声笑了，说，看老相好呢。说完拿腔捏调地唱：翩跹裙前蝶，同窗访妆前，今朝践旧约……我叹口气，想想《楼台会》里的梁山伯，命是不好，但遇到祝英台，运倒是不差的。

哎，阿金的声音突然变得很诡异，他凑到我耳边，说，你看她的屁股，比以前大了这么多，不知给多少九龙仔弄过了。

够了。我压低嗓门，还是吼了出来。

这一声惊扰了四周的人。秀屏也回过头来，眼光碰了我一下，就又转过去。她好像已经不认识我了。阿金对着她的方向做了个鬼脸。围在她身边的，是些村里的女仔，立即很厌恶地也偏过头去。有一个还扭动了一下。

阿金愤愤起来，说，丢老母。这群鸡货这会儿也变成了贞洁烈女，扮嘢啊。金爷我还看不上她们呢。

我低着头，脑袋里一阵空。阿金还在耳边絮叨：打炮都懒得理这一群，大口村那边的女人，花点钱，个个风骚过她们喇。见我不出声，阿金用胳膊肘捣我一下，佑仔，你还是只童子鸡吧，丢死人。改天哥哥带你去开眼界。

我奋力拨开人群，挤了出去。

回到家，房里传出轻微的鼾声。阿爷已经睡着了。

我冲了凉，走出门，坐下来。

今天的月亮很好。阿爷晒在外面的咸鱼，排得整整齐齐，闪着粼粼的银光。海上还有渔火。远处听得见戏台上的锣鼓声，却盖不住再远些，哗啦哗啦一道一道慢慢地响。那是退潮的声音。

云澳的声音。

第二天，我帮利先叔放蚝排。闷不声地做了半日，利先叔拍拍我的肩，说，歇一歇。

我们坐在船头。他点上一支烟，又递给我一根。

佑仔。利先叔说，你阿爷还在恨我吧？

我笑一笑，摇摇头。

你阿爷恨我，你可不能恨阿爷。他说。

太阳偏西了。我看到水里有些暗影子浮上来，游来游去。是沙虫。

利先叔使劲抽了一口烟，把烟头掐灭了，然后对我说，老人家有老人家的对。

这时候，我看到远远地有辆车，在码头停下来。

车上走下来一些人，男男女女，都是城里的打扮。这些人在前面走，车在后面缓缓地跟着。

他们在我们蚝场停下来。一个戴渔夫帽的矮胖男人和身边的大个子耳语了一下。那大个儿就走过来，问我们村公所怎么走。

正当我们指指画画时，车门打开了，又下来一个人。是个女人。她将自己裹得很严实，戴着头巾，脸上架着一副大大的太阳镜，好像怕晒得很。矮胖男人对她招招手。她走过去。矮胖突然伸出手，在她屁股上抚弄了一下。她将那手打掉。躲开了。矮胖大张着嘴，我几乎听见他放肆的笑声。

女人四处张望了一下，也走过来。她在我面前站住，将太阳镜抬起来。我看见，这其实是一张年轻的脸，化了很浓的妆，很美。似乎在哪里见过，但又说不清楚。

她说，靓仔，你们这儿可真热。

说完，她将太阳镜又戴上了。嘴唇扬起来，对我笑了一下。

他们的车,远远地开走了。

夜里,我又梦见了那条鱼。依然是滑腻腻的,还有些温热。围着我,游动。从我的肘弯,和腿中间穿过。我伸出手去,却抓不住。它的硕大鱼鳞,一张一合,我看到鳞片下粉色的血肉。我用手指碰了一下,很软很黏。突然这鱼鳞闭上了,把我的手指吸进去,然后是胳膊,头,和整个身体。我的身体被这血肉紧紧裹住,越裹越紧,一动也动不了。在这时候,我看见了那鱼的瞳仁里,有一张脸,是白天那个女人。

一阵战栗。

我醒过来,看一看自己。一些黏浊的东西在流动。我突然觉得鼻子一阵酸,不知道为什么。

冲凉,看着天已经发了白。远处有只鸟,很难听地叫了一声。

正午的时候,利先叔给我们放了假。

我们答应了家里,找天去澳北采野蚝。这也是我们云澳人一年一度的乐趣吧。阿武、阿金和我到了海边的时候,六仔和那群半大小子,已经在水里忙活了。

我们三个,换了游泳裤下了水。见六仔他们一个个精赤条条。海边的孩子,从小就没什么规矩禁忌。我们几年前也这样。家里怕蚝壳将裤子刮烂了,为了不挨打,干脆脱个干净。现在,人大了,到底不好意思。

六仔们的收获已经不错。有几个上了岸,光着屁股,蹲在岩石上敲蚝壳。说是半大小子,其实也已经读到了中二中三。生得成熟些的,腿间已经有了稀疏的毛。他们在岸上追追打打。阿武有些看不过眼,皱一皱眉,说,阿水,大男孩了,该要知丑了。

阿金便跟着起哄。光屁股溜溜,小心给蚝夹了鸡巴。

我正想阿金真是不改嘴贱的本色。谁知阿水却站定了,对我们一挺下身,前后耸动,挤眉弄眼地冲着我们喊,蚝我不要,我倒是中意让鲍鱼夹一夹。

水下水上,就哈哈哈哈笑成了一片。

突然间,我看见岸上的人止住了笑。一阵风地,七手八脚,仓皇地躲到了岩石后头。

我正发着愣,听见阿金在耳边轻轻说,鲍鱼来了。

就看见远远走过来了一群人。走在前面的是两个女人。一个为另一个打着遮阳伞。

被遮挡的人，穿着件宽大的衬衫。她用手搭起凉棚，朝我们的方向望一望，然后回头对其他人说了句什么。

我看见了一个矮胖的身形，知道正是昨天傍晚看到的那群人。他边上的大个子扛着一架摄像机，脸上有些不耐烦的神色，催促后面的人。后头的人抬着像是话筒的东西，但要大得多，裹着毛茸茸的套子，像是狐狸的尾巴。

他们在海滩上停下，忙活起来。

女人取下了太阳镜。阿武"啊"了一声，说，展羽凤啊。我这才回忆起，怪不得昨天看得眼熟。这张脸，正是去年HTV的剧集《四大名捕》里的，展昭的妹妹展羽凤。当时看的时候，觉得挺别扭。小时候就看《包公案》，从来不知道御猫展昭打哪冒出个妹妹。而且，还和张龙有了一段感情戏。不过这个女演员的古装扮相真是美，让人忘都忘不掉。想起来了，是个落选港姐，叫余宛盈。

余宛盈懒懒地左右伸动手臂，将衬衫脱了。一时间，我们都屏住了呼吸，原来她里面只穿了艳红的比基尼。身体十分的白，白过我们村上所有的女人。比基尼好像一团在雪上燃烧的火。

至少C Cup啊。阿金在胸前比画了一下。同时冲着岸上吹了个响亮的口哨。

杀鱼

刚才撑伞的女人，就皱了一下眉头，问矮胖男人，导演，使唔使清场？

余宛盈就咯咯笑起来，说，不用了，不就拍几个镜头嘛。

导演就手一挥，听阿盈的，让这些年轻人开开眼。

知道是拍戏，大家都来了兴味。刚才的光屁股小子，有些已悄悄潜回到水里。没来及的，只有猫在岩石后头看。

也不知道是要拍什么。余宛盈倒是不紧不慢，拿出一管防晒霜，在身上涂。涂了臂膀，涂大腿、小腿。最后挤了些在胸口，轻轻地匀开。

我听见阿金咽了下口水。

这时候听见导演吼起来，Remond 跑到哪去了。不是又躲在车里吸粉吧。阿 Sam，去找他。整个组都在等他一个。

大个儿有些不情愿，但还是转身去找这个叫 Remond 的人。

过了大约五分钟，才看见一个高大的男人，摇晃着走过来。男人的样貌很好看。但表情实在是有些颓丧，好像没睡醒，被人硬是从床上扯起来一样。这给他的英俊减了很多分。

我们也认出他了。香港的娱乐杂志，是个无孔不入的东西。我们这些偏远的地方，也从来不会放过。这家伙上过周刊的封面，在封面上也是一样抑郁的表情。往日他是HTV一个很红的小生。后来听说和澳门一个富商的三姨太勾搭上了。富商说要斩他，他就和那个女人跑到澳洲去，做了三个月的亡命鸳鸯。本港人就说，难得他们好像是有点真爱的。不过呢，后来这个姨太太却背着他，向富商妥协了。还在电视台发表了声明。他落得个人财两空。再后来，八卦周刊又爆出姨太太怀孕了。老富商将有第一个子嗣。港人就很兴奋，究竟六十多岁的富商有没有能力搞出一个孩子，还是本来就有阴谋。这个倒霉蛋，很快就被爆出在家里藏毒。声誉雪上加霜，已经好久没在HTV里出现了。今天在这见到他，连我们都有些意外。

导演并不抬头，甚至没有正眼看他。只是淡淡地说，怎么还没换衫？

一个助理模样的人，拎了包，带他去岩石后头换衣服。他再出来的时候，身上只有条泳裤。平心而论，他的身形还是很不错的，应该经常去健身房吧。肤色竟然和我们一样是黝黑的，看来十分健康。后来我才知道，想要这样的肤色，有一种叫太阳灯的东西。城里人照上个十几分钟，顶得上我们在蚝田里辛苦上整个中午。

杀鱼

余宛盈将一个本子递给他，说，阿 Ray，俾点心机①。

男人道谢，接过本子，轻轻应一声。

他们两个面对面，说着话，比画手势。声音太小，听不见说什么。我猜是在对台词吧。

导演猛然站起来，从他手中抽出剧本，在他头上狠狠打一记，说，收起你的哭丧脸，又未死老母。今次俾机会你，你唔好累其他人。

男人低下头，从地上捡起剧本。

各方就位。

导演大喊一声"开麦拉"。

Remond 牵着余宛盈的手，从远处走过来，在海滩上坐下。沙子给太阳晒了一下午，应该还很烫。我看到余宛盈颤了一下。

Remond 执起余宛盈的手，放在腮边，说，阿玲。

余宛盈顺势倒在他怀里，说，阿轩，这样和你在一起，真的很幸福。

Remond 说，你信不信，我可以给你更多的幸福。

余宛盈立即坐起来，说，不要再说这样的话了。我们不

---

① 广东话，指加把劲，认真一点。——编者注

是挺好的。你不能放弃我姐姐,也不能放弃你阿爸一手创建的企业。

Remond 沉默,突然狠狠地抱住她的肩膀说,为了你,为什么不能?

阿金讪笑了一下,说,都二十一世纪了,还用这种"屎桥"①。

接下来就是两个人的争执。很无趣。但就在这么无趣的争执里,Remond 扮的这个叫作"阿轩"的阔少,似乎不在状态,不停地说错台词。导演渐渐在"Action"和"Cut"的不断重复中,失去了耐心。

但我们都在这争执中,看到了被 Remond 粗暴的动作挤压,余宛盈的胸部,鼓突变形,好像要从 bra 里弹出来。

我听见身后的喘息声。转过身去,阿水正在水里动作着,拧动眉头,突然浑身一阵抖。待阿金看明白了,一脚朝他踹过去,死衰仔,打飞机啊。仆街喇,哥哥们还没怎样呢,就轮到你?

Remond 再次说错了台词。余宛盈叹了口气,抬起手在

---

① 屎桥,在广东方言中指馊主意。——编者注

杀鱼

耳边扇了两下。

导演很火了，对他们吼，还想不想收工？

旁边的助理，将冰好的毛巾放在他额上，说，陈Sir，时间不早了。不如先把重头戏拍了。太阳落山前，能补几个镜头，就尽下人事。实在不行只好用蓝幕做后期啦。

导演静一静，说，也好。要不是贪个靓景，这鬼地方我是不要来的。连个车都不通，走了半天才进来。

我们几乎要散了，可听到了重头戏，想想就又留下来。

Remond仔，精神点。导演放大了声量，这场你有着数①。

男人回过头，虚弱地对导演笑一笑。

重头戏接上了刚才争执的一幕。看起来是由冷战开始的。两个人不说话，余宛盈低着头，用脚拨着沙子。

突然，男人转过身，一下抱住了余宛盈。同时捉住她的嘴唇，深深地吻她。这一幕太快，我们有些目瞪口呆。

两具身体缠在一起。摩擦，抚摸。虽然是做戏，但似乎两个人都投入了进去。连四周围的人，都敛声屏气。

---

① 粤语方言，表示有好处，捞到便宜。——编者注

这时候，夕阳的光打在他们身上。两个人就成了金色的了。漂亮的身体，好像快要熔化在了一起。

男人忽然一抬胯，压住了女人。然后伸出手，探进了她的红色 bra。女人挣扎着，喘息中也抽出了胳膊，扬手给了他一记耳光。

男人被打蒙了，摸摸自己的脸，愣愣地看她。

Cut！导演使劲摇摇头。

阿盈，没吃中饭吗？这一下是给他挠痒痒？记住，这时候的你，百感交集。你发现你深爱的男人，到头来不过是贪恋你的肉体。OK，找找这种感觉。你是一朵高贵的樱花，一脚被人踩到了烂泥里。

我，不会演樱花。余宛盈懒懒地应他，同时用手搔了搔头发。

那，泼妇你总会演吧。导演激动地扬一下手，喊起来：打过去，大力点！

两具身体又开始纠缠。一只手伸进了红色 bra。

啪！

这一下打得实在很用力。我们都听得一清二楚。

男人身体晃荡了一下。但没有摸脸的动作。我们都看到，他晃了一下，趴倒在了余宛盈的身上。

余宛盈推了推他，忽然惊叫。

这个叫 Remond 的男人，竟然在这个关键时候，昏过去了。因为中暑。

大个儿和助理将他抬到了阴凉地，敷冰袋，使劲掐他人中。但他还是没有醒过来。

导演愤愤地又站起来，诸事不顺。快点儿，给这个衰仔 call 白车①啦。

太阳一点一点西沉下去。助理也有点紧张了，她问导演，还拍不拍。

导演一边揉太阳穴，一边狠狠吐了口痰在脚底下，喊道，拍？人都仆咗街了，仲拍乜鬼？

拍，为什么不拍。余宛盈整一整已经移了位的比基尼，站了起来。

她说，大不了找个人顶一下。

导演还在气头上，听她这么说，更有些恼火：这些男人，个个都想同你拍。可是有一个生得似样的吗？你倒是挑

---

① 　香港俚语，指救护车。——编者注

一个出来。

余宛盈环顾一下,眼光突然停住,落在我身上。

找这个细路哥顶一下。她说,他身形样貌都和阿 Ray 好似。

我吃了一惊,僵在原地。脚底下的沙子,突然间变得滚烫。伙伴们也吃了惊,看看我,又看看余宛盈。

导演拧一下眉头,上下打量我,然后说,是有几分似。不过我们可是拍的限制级镜头。后生仔,你满十八岁了哦?

我呆在一边。

余宛盈走到我跟前,眼角向上挑一下,说,导演问你话呢,细路,你满十八岁了?

我在慌乱中点了点头。她的脸贴得很近,我感到了她说话时的气息。有些甜腻。

导演还在犹豫。

天色又暗了些。助理走过来,跟导演说阿 Ray 看来今天是醒不翻了。这孩子行为能自主了,他要是没意见,就拍个借位。

导演说,盈女,等会儿重拍摸你的镜头,怕不怕蚀底[1]?

---

[1] 指走光。——编者注

余宛盈浅浅一笑，拍啦。为艺术献身，好抵得①。再说里面有胸贴。

导演脸色也舒展开了，竖起大拇指，豪气，好敬业。我没有疼错你。来年金像奖是你的。

他们给的泳裤很紧，穿得不舒服。我有些害羞，不自觉地抱起膀子。助理带了个女人型的男人过来。打开一只箱子，里面花花绿绿一片。他拿起一把刷子，在我胸前扑粉。粉的气味怪异，我鼻子一痒，狠狠打了个喷嚏。我问，你干什么。

他不理会我，继续扑粉，说，别动，化妆，造阴影，让你看上去更man更大只。

导演过来，看看我，点点头。然后俯在我耳边，说，后生仔，有没搞过女人？

我一惊，耳根不由自主地发起热来。

他拍拍我的肩膀，诡笑，不怕，Ray哥是情场老手，你就有样学样啦。

余宛盈就在我面前，这么近。

---

② 指值得。——编者注

我身后是摄影机。导演说，开麦拉。

我一动不动，背上渗出细密的汗，一点一点地，汇集，流下来。

余宛盈的唇是血红色，轻轻张开。我听见她说，抱住我。

我伸出胳膊，手在空中停住了。

一只手牵过我的手，慢慢地，落在她的腰上。那是一块滑腻的皮肤。我的手指颤抖了一下。恍惚中，想起了梦中那条鱼。

用力。她说。

我终于抱住了这个女人，这样柔软。我周身的肌肉连同身体的一部分膨胀、坚硬起来。我感到自己胸口有些憋闷。

这个女人扭动身体，鱼一样，在我怀里挣扎一下。但其实把我缠得更紧。

她的唇摩擦着我的耳垂，轻轻地。她说，探进来。

我犹豫了一下。她说，别怕。

我的手慢慢伸进了她的bra。

"啪！"脸一阵火烧。我知道，结束了。

我捂住脸，镜头定格。

导演哈哈大笑。

好小子,一次过。没估到这么入戏。拍咸片的好材料啊,哈哈。

余宛盈站起来,扫我一眼,眼光有些冷。她说,可算是收工了。

我坐在沙地上,看着她的背影。沙子还很烫。太阳的光已经暗了,她的 bra 变成紫红色了。

我穿好衣服。那个女助理走过来,递给我一只信封。没说话,对我笑一笑。

他们走远了。间中传来导演骂骂咧咧的声音,也渐渐听不见了。

发什么呆。我转过头,看见阿金不怀好意的脸。趁我不注意,他从我手里抽过信封。打开一抖,一张棕黄色的纸掉了出来。

阿金愣了一下,说,好抵。一巴掌五百块。

夜里,我以为我会做梦。因为我想,我应该要梦见那条鱼。

但是我没有,我没有睡着。

我从来都想，"失眠"这个词，只属于那些精细的城里人。他们总有千奇百怪的原因，让自己睡不着。

这一天夜里，也分外安静。连海浪的声音，都没有。村里的人，都睡着了。云澳睡着了。

我是在一阵手机铃声中醒来的。

是阿武的电话。阿武的声音有些小心翼翼。他说，是你阿爷要你过来。

我赶到龙婆家的时候，屋里已经来了不少人。

难得村里的老少集在一起，在这样小的屋子里。我看到阿爷，默不声地站在屋角。脸有些发木，头上却闪着时隐时现的光斑。龙婆的屋子太老旧，修修补补了几十年。阴天漏雨，晴天漏阳光。

我挤进屋子里，到了阿爷跟前，唤他一声，他也没睬我。这屋里的空气不太好。很重的湿霉气，还混着中药和不新鲜的虾干味道。一股一股地冲鼻子。

人们都没有说话，屋里只有一个声音，是龙婆在哭。

龙婆在哭，窝在她的酸枝椅上，佝偻着身体，人更显得瘦小。这时候，有人叹了口气，是村公所的永和叔。这一声，引得龙婆的哭声突然大了音量。

杀鱼

永和，我是看着你长大的。你应承过我，村公所要给我送终的。龙婆抬起脸，眼睛却看着一个不知道的方向：他们要拆我的房。要我无遮头瓦，死了变作孤魂野鬼，去到海上喂鱼。

永和叔垂着头，忽然开声，却爆了一句粗口，说这条村，我们上下住了几百年。要我们搬，前代人的祖坟要不要一起掘走。唔通要老小都断了根。我看政府也不见得站在他们一边。人都讲个道理，阿婆，去年生果金的事，不是算倾妥帖了。

龙婆止住了哭，茫然地看我们一眼，眼神突然利了。她满脸的皱纹纠结起来，愤愤地说，我知道，他们是欺负我孤寡⋯⋯

永和叔连忙劝她，谁说非要开枝散叶才算是有儿女，我们村的孩子，阿武、佑仔、大头，个个都是你的孙。

阿爷一把将我推到龙婆跟前，说，龙秀，你男人和我是本家兄弟。有人敢动你，张家的子弟，若是不拼出命来护你，就莫要怪我不让进家门。这几年，村上给外姓人唱衰了风水，带坏了子弟。我们怕是将来棺材地都留不住了。

龙婆擤了把鼻涕，狠狠甩到地上。她支着身体，颤巍巍地从椅子上站了起来，用拐杖一顿地，说，我不要什么棺材，谁要拆我的屋，我就一把烧了干净。这屋子就是我的棺材。

激愤中，永和叔一面跟着骂，一面温言软语平息众怒。阿金扯了我一下，使了个眼色，我趁着闹腾就跟他出去了。

我们都看见，利先叔站在不远处。太阳正烈，他的脸被晒得发红。看见我们，他将手里的烟掷在地上，用脚碾了碾，转身走了。

阿金说，看来迟早要干一仗。上个月来了几个人，在村里东睥西望，带了仪器来，量了大半日，我就知道事情不好了。

屋子传来些嘈杂的声音。额头流下汗来，慢慢渗到眼睛里，一阵辣。我擦一把，自言自语：究竟搞乜水？

听说是要在这弄个水上度假村，图纸都弄出来了。澳北那——阿金眯了眯眼，好像在看海市蜃楼——以后就是个五星级酒店。

那蚝场怎么办？我脱口而出。

蚝场？阿金搔搔脑袋，也没言语了。

过了半晌，他说，漫说是蚝场，大概整条村都快要没了。大吉利是，统统搬到元朗的居屋去，到时候买卖，还得自己补地价。

那也不是他们说了算的。我不自觉引用起永和叔的话。

杀鱼　　135

阿金冷笑了一声，说，谁说了算，钱说了算。龙婆现在是哭天抢地，开给她的补偿金一百万，往后看加到了两百万她还哭不哭。

我回头看看那黑黢黢的屋瓦，上面爬满了茑萝和金银花。还有一只朽到发了黑的南瓜，是去年结的吧。我叹口气，说，龙婆的房子是祖宅，她男人留下的念想，到底舍不得。

念想？阿金念了念这两个字，说，要说念想，成条村都是念想。龙婆两间屋，按政府的话，有一间还是僭建物①。倒是值了一百万，为什么，还不是因为孤零零地建在了村口。要开发一期，就得先搞掂她，由得她坐地起价。

我有些吃惊地看了看阿金，我们整天混在一起，他怎么知道得这么多。

我突然有些烦躁，也不知为什么。我脱了背心，在身上胡乱擦了擦，对阿金说，我去冲个凉。

我来到了澳北。

火烧云又泛起来了，漫天都是，血一样。

海滩上坐着一个人。我犹豫了一下，还是走过去了。

---

① 指把建筑改装，或在其外加盖建附加物，有违建筑物法例。——编者注

余宛盈抬起头，看我一眼，拍了拍身边，让我坐下。

快走了，再来看看，往后也看不到了。她抱着膝，看着海的方向，不知道是在对谁说。

我坐下来，轻轻说，我也来看看，是快看不到了。

她转过头定定地看我。我掬起一捧沙子，沙子从手指缝中间流下去。

她郑重地对我伸出右手，说，我叫余宛盈。

我笑了。余宛盈不是昨天的余宛盈。她穿着宽落落的布衬衫，头上扎起了一个马尾。爽利利的，像去年来村里写生的大学生。

我说，我知道你。我看过你演的展羽凤。

她也笑了，问，我演得好么？

我点点头，说好。

她说，我也觉得好。那是我唯一没靠男人得来的角色。

我一时语塞。她倒轻松松地撩一下头发，问我，你叫什么？

我说，阿佑，张天佑。

张天佑。她重复了一遍，说，有点土气。

我低下头，说，是上苍庇佑的"佑"，阿爷说，我无爹无娘，只有依天靠地。

上帝保佑的"佑"。余宛盈从胸口掏出一个银亮的十字架，说，挺好的名字。

我们没再说话，就这么坐着。

火烧云越来越浓了，红的变成紫的，紫得发乌，渐渐变成猪肝色，不好看了。

我听到了抽泣的声音。

我转过脸，看见余宛盈眼睛愣愣的，只管让眼泪流下来。

借我个肩膀。她说。

什么？

借个肩膀，让我靠一下。她没有抬起头，好像在对着海说话。

我朝着她身边挪了一下。

她把头靠上来。过了一会儿，突然笑了。我吓了一跳。

她说，你，还没长成呢，都是些骨头。男人的肩膀，应该是又厚又实在，才让女人觉得可靠。

我知道，我就是个替身。我也笑了，一张口冒出这句话。

她沉默了。头从我肩膀上慢慢抬起来。

我，我是说昨天的事。我想解释一下，但说出来，才觉得自己的蠢。

她将脚插进沙子里,揉搓了几下,轻轻问,想拍戏么?

我还没回过神,她的脚很好看,像一对白饭鱼。

我是说,不做替身,演你自己。她看着我的眼睛,灼灼地。

我躲过她的目光,自嘲地笑一下:我能演什么?吃喝拉撒睡,是人都会。

有别人不会的么?她问。

我想一想,说,杀鱼。

隔天的中午,大头跑到蚝场来了。

我们都有些意外。阿武上下打量他,说,头哥,稀客啊。

大头气喘吁吁,说,你以为我想来?龙婆,他们要拆龙婆的房了。

我停下手里的活,说,你说谁,谁要拆?

房地产公司找了一帮狠角色来,在往外扔龙婆的东西。我们几个人手不够对付,分头去拉人,快,要去的话带上家伙。

阿武拈起把蚝刀,在布上一擦,说,丢老母,当我们云澳人是鸡仔。阿佑,走。

我看一眼阿金。他低着头,好像什么也没听见。大头说,金哥，我们的恩怨，回头算。这可是成条村的事情。

阿金沉下脸，你现在知道说成条村了，带马仔斩我那阵儿怎么不说。一个钉子户，不值得老子去搏命。他使了一下劲，手中的蚝壳裂开了，"啪"的一声脆响。

阿武瞪他一眼，推我一把说，走。

村口的晒家寮被风吹了又吹，阵阵海味传过来。天闷气得很，蜻蜓贴着海皮飞来飞去。

恒安伯弓着身，正忙着用塑料布遮盖他晒在场上的海蜇和鱿鱼干。看见我们，遥遥地喊，后生仔，要到哪里去？

我们没有睬他。我们望见龙婆家门口，果然聚了不少人。龙婆的酸枝椅，倒在了地上，一条腿已经折了。

有人正往外搬东西，有人站在屋顶上，将黑黢黢的屋瓦掀了下来。龙婆倚着墙，呆呆站在一边。看到一个胳膊上文龙的男人，抬了她陈年的虾酱坛子出来，她突然冲了过去，同他争抢。男人任凭她撕扯，未松手。我们看到龙婆抓住他的手臂，狠狠咬下去。男人一撒手，坛子掉在地上，一声闷响。

黏腻的虾酱慢慢流出来，泛着紫红色的泡沫。龙婆跪在地上，捧起虾酱，一把一把地装到了破坛子里。

男人捂着胳膊，脚踢过去，这回坛子完全碎了。

阿武一捏拳头，说，丢，还愣着干什么。他跑过去，一拳搡到男人的鼻子上。男人趔趄了一下。我们看到有血从他鼻子里淌下来，好像一条红蚯蚓。男人吼一声，冲向阿武，拳脚相加。

大头抱住一个胖子，对我大声喊说，佑仔，上房。我飞快地爬到屋顶上，把房上正掀瓦的小个子扯下来，摁在墙根里，大力地将拳头擂下去。

一场混战。诅咒的声音，哭喊声，家伙撞击的声音混成了一片。我眼前渐渐有些模糊，可是还听得见，也闻得见。

好大的腥咸味，是虾酱的味道，还是血味，从嘴角渗了进去。我使劲吐了口唾沫，带出一颗沾满血的牙。

我不顾一切地，投入了这场战斗。我不知道为什么，我只是觉得心里发堵。钻心地疼，我知道肩膀上被人斩了一刀。阵阵温热。我流了泪，突然觉得十分痛快。

别打了。我听到阿武的声音。我转过头，看见阿武表情扭曲的脸。我顺着他的眼光望过去。看见龙婆，正举着一只塑料桶，往自己身上泼水。龙婆一边泼水，一边唱。我听出来，唱的是《百里奚会妻》。百里奚，五羊皮。昔之日，君行而我啼……龙婆哑着嗓子，唱得又哭又笑。

这时候，我才闻见一阵刺鼻的气味。心里一惊，龙婆泼的不是水，是汽油。

龙婆从围裙里掏出一盒火柴。

杀鱼

文身男这时候也慌了,他脑袋还被阿武夹在肘弯里,歪着脖子喊,婆婆,你唔好将件事搞大佐。我们也是混口饭吃,不想出人命。

龙婆打开火柴盒,取出一根,说,我当着你们的面死,我死鬼男人也看得见。

文身男一边挣扎,一边嚷,你要索命,冤有头,债有主。给你开价的是林耀庆,要不是他,谁稀罕你这两间破屋。

天突然暗了下来,变了姜黄的颜色。"轰"地响过一个炸雷。

龙婆手里的火柴掉到了地上。

我肩膀一颤,泄了劲。

被我按倒在地上的人一个翻身。我的后脑勺发出沉闷的声音,眼前黑了。我抬一抬胳膊,什么也没抓住。

我睁开眼睛,看到的人,是阿爷。

阿爷在笑。

我老张家的后代,有种。阿爷扭过头,对诊所的护士说。

护士打开窗子,海风吹进来了,腥咸腥咸的。

阿爷。我说,我想学杀鱼。

七月尾的时候，永和叔带了阿武我们几个去了中环。我们等在一个形状像是海螺的大厦门口。我们头上缠着白布条，牵了横幅，上面用红油漆写了"无良地产开发商，政府大石压死蟹"。

我们站了一下午，来来往往的，没有人睬我们。有人偶尔瞥我们一眼，我们赶紧举起拳头，喊出一句口号。那人木着脸，低下头，又走开了。

九月头的时候，传来了消息，说汉原集团取消了开发云澳的计划。村里老辈人说，精诚所至，金石为开。有钱人也是人。

我不知道。但那天，我们并没有等到那个老富豪。

十二月的时候，余宛盈的新片子上映了。圣诞档。

阿武、阿金、大头，要我请客去看。因为里头有我和余宛盈的激情戏码。

但他们都很失望。因为那段戏给删掉了。

在男女主角吃大排档的镜头里，我看到不远处有一个背影。他抬起刀，三两下，利落落地把一条大头鲔收拾了。

胳膊上一道红，是鱼的血溅出来。

那是我。

街 童

我躺在水泥管道里，身体下面积聚着黏腻的液体。黑暗潮湿，呼吸不畅。铁锈的腥气漫溢。像是躺在一具身体里。没出生的孩子，在母亲的身体里。

一

我是卡马牛仔专卖的店员，我叫布德。我的店在罗素街。卡马。我看守着这些牛仔裤，像看守着一些孩子。

每一个买牛仔裤的人，有着不同的高度、腰围，和性格。我给他们推荐与他们合适的牛仔裤。如果你的腿细且长又中规中矩，推荐你试试 Z62，如果你喜欢松松垮垮要点个性，推荐你 Beach35，如果你要赶潮流，推荐你试试 L37。

这是我的职业习惯。这些牛仔裤，是些孩子，买牛仔裤的人，好像它们的养父母。我很少推荐 Lola77，这是我的失职。我知道我怀着私心，我不放心把 Lola77 托付给任何人。

谁会合适 77 呢，除了 Lawrence Kane 和 Mora Cine，谁会合适 77。

77 只属于那个时代。那个时代一去不返。粗粝放旷的时代。在我出生前的十年，懒散和愤怒的男女孩，穿着 77 混世界。

我的客人们，精确地挑选一条牛仔裤，贴合他们的体型与心意。

我满足他们的要求。我推荐给他们各种型号，这些型号没有生命。它们也是一些等待领养的孩子，它们都是死孩子，生出来就死了。

77 还活着，活的寿数足够长。

我抚摸它们，手会有灼烧感。生命的纤维，血管底下暗流涌动。

那个女孩子对我说，唔该，给我拿一条 77，腰 26，长 30。烟灰色。

我扭过头，她大声地重新说了。

她实际是很礼貌的，请给我拿条77。

我很慢地拿了给她。

烟灰色的77，亚太区限量，我们店里有六条。

我在货仓里捧着这条77，贴了贴我的脸。

每一次把77拿给客人，都好像一次冒险。我抚摸着那四粒铜扣，口袋上圆润的车线。然后怀着孤注一掷的心情把它拿给客人，焦灼地在试衣间门口等待。客人们出来，大部分摇摇头，好像不怎么适合我，试试其他的型号吧。

我长长舒了口气，是啊，有几个人会适合77呢。

我在门口等待。

她出来，用很干脆的声音说，很好，我就要这条。

我心里一惊，茫然地看她。

她还在镜前左顾右盼。

我冷着眼看她，看着看着，突然感到欣慰，这条77的运气很好，或许。

这条77的运气很好。

这女孩儿有一双很好的腿,无可挑剔。77是腿形的放大器,好的腿型锦上添花,坏的雪上加霜。大腿与小腿的比例失之毫厘,谬以千里。

圆满的臀。

她蹬上靴子。天衣无缝,Blank K 的麂皮靴子。好像,像一头跃跃欲试的小鹿。

女孩满意地点一下头,对我笑了,说,包起来。

付账的时候,她用的是带了"银联"标志的借记卡。我想,她也许是个观光客。

这些年,有太多内地来的观光客。他们出手阔绰,一条77,算什么呢。新到港的爱马仕包可以买上十个。

整个过程非常利落。她匆匆地走掉了,消失在了时代广场的人群里头。

我是在半个小时之后,发现了她遗落的皮夹。里面有一些零碎的港币,和一张照片。照片上是她,没错的。却又有些不像,化了很浓的妆。嘴上在笑,眼睛里有些不耐烦。

一条很细的项链从皮夹里掉出来。我捡起来,看见上面有个精巧的十字架,在夕阳里头闪着星星点点的光。

还有一张纸条,上面是一个电话号码。我照着打过去,关机了。我留了言,留下了我的电话。

二

到阿嬷家的时候,已经是黄昏了。

照样要去拜祠堂。祠堂里黑乎乎的。我们家的祖先多,拜的时间很久。阿嬷坐在旁边,看着我磕头。

以前都是哥哥先磕头。我看着那些牌位,上面都是烟熏火燎的痕迹。小孩子的时候,进祠堂总有些怕。两边的仪门太高,上面镌着"入孝""出悌"。字体粗黑的,不亲近。神主龛前的香炉,也大得夸张,味道让人有些发晕。

我阿爷是族长,我们家的规矩就格外严。听老辈人讲,说是以前在广东的时候,派有派祠,堂有堂祠,房有房祠,支有支祠,加上朝廷赐建的专祠和旌表修建的节孝祠堂,祠堂多到几十个。后来不知哪一辈到了这个岛上来,还是想着光宗耀祖。祠堂门口的聚星池就是阿爷找人建的。据说是为了风水,人丁兴旺,多出孝子贤孙。不过他现在,就我一炷香火了。不知道风水是不是没找对。哦,那年祠堂着火,聚星池倒派上了用场,才没有被烧掉。

阿嬷突然顿一顿手中的拐棍,死靓仔,都不知你谂啲乜。

我赶紧又规规矩矩地磕了几个头。

抬起脸,神案上摆着大红烛,没有火焰,已经变成了红颜色的电灯胆。

跟阿嫲回家,一路上都在听她骂人。说岛东的地挖得不成样子,被政府征收了,要种什么"有机菜"。阿嫲显然不懂这个新名词,说,也没见那地里有几只鸡。就说"有鸡",就只懂骗我们这些乡下人。

又说,这岛上的外国人越来越多。自己人都跑到外面去了,成个什么话。

她就这样一路絮叨着。我低着头,没话说。

路过北帝庙,看见门口的空地上,有几个小孩儿在玩。见我们走近了,一哄而散。

我看他们跑远了,眼前出现了一张脸。但已经不清楚了,我快不记得他长什么样了。哥哥的脸。

阿嫲推开祖屋的大门,一股凉气扑过来。里头终日不见光,还是黑黢黢的。这房子政府也想收,建什么度假村。阿嫲要和他们拼老命。

其实这屋里已经没什么人了。大伯全家也搬走了,搬到元朗的新屋苑去了。西铁通了,到哪也方便。

阿嫲又顿一顿拐杖。我吓了一跳，听到她恶狠狠地说：

阿德，你在外面我不管。可嫲嫲下去卖咸鸭蛋①。你要回来给嫲嫲收尸的，听到没？

我愣一下，点点头。

这间屋子，是我长大的地方。那时候似乎很热闹。还养了两条狗。老的那条叫喜宝，也在前年死掉了。听阿嫲说，死得很突然。中午的时候，吃了一碗虾干粥，还到街上去溜达。走到街市的时候，一头栽倒了，再也没有醒过来。

喜宝很仁义，总是守着我。远远地望，我和同村的小孩子打架了，它就扑过来。

沿着楼梯走上去，楼梯发出吱呀的声音，颤巍巍的，好像就要断裂开来。有一天，哥哥被阿爷蹬了一脚，就是从这楼梯上滚了下来，一直滚到地上。哥哥在地上挣扎一下，站起来。看见我，笑一笑，摸摸我的头，一瘸一拐地走出去。我听着阿爷在楼上喊，不肖子，不肖子。

楼上好大的尘味。也久没人上来过了。窸窸窣窣的声

---

① 粤俚语，指人去世。——编者注

音,我打开灯,看见一只老鼠从脚边跑过去。墙角里蓝颜色的簿子,被咬得还剩下一半。我捡起来,原来是我小学时候的功课簿。底下还批了一行字,"志如鸿鹄"什么的。

我心里好笑,小孩子懂得这是什么。

晚上我就在这阁楼上打了个地铺。夜里很静,静得睡不着。大概我在油麻地乱糟糟的环境里惯了。

都传说这岛上有很多鬼。长这么大我也没见过一个。

倒是阿嬷,平白地半夜说起梦话来。断断续续地从楼下传上来,有些瘆人。

第二天是岛上的太平清醮。一大早村长跑过来,让我帮忙去拍照。十几年了,还都是老样子。热热闹闹,多了很多游客,大都是来看"飘色"①的。小孩子们照例穿红着绿,由大人们抬着,环岛巡游。脸上笑,其实是个辛苦差事。大热的天。五岁那年我扮过赵子龙,硬生生尿在了裤子里,说起来也丢人。好在现在的小孩子都有纸尿裤了。我就跟着走了一遭。如今扮的,也没大不同,多还是历史人物,戏文里来的。可

---

① 飘色是一种融戏剧、魔术、杂技、音乐、舞蹈于一体的古老的传统民俗艺术,起源于明末清初的广东。——编者注

竟也与时俱进,"乒乓孖宝"不说,竟还有两位阿太——叶刘淑仪与陈方安生。一个雀斑脸的小姑娘扮作"阿姐"汪明荃,最近风生水起,大概是因为做了香港两会代表的缘故。

大街上打招呼的,都是老街坊。说起来都是看我长大的。八筒叔似乎比以往更老,背已经有些驼。本来就是老来得子,儿子阿路从小学到中学都和我同班,后来出息了,去了加拿大念预科,就再也没有见到。听说现在已经读到博士了。

黄昏的时候,压轴的"抢包山"。包山现在徒有其表。因为七九年那回包山塌下来,压伤了很多人。大伯就是那年被压伤了脚。原本他爬到了最高处,是要拿冠军的。然后这节目禁了二十多年,在我记忆里几乎没出现过。再恢复了,竹架变成了钢筋,包子也都是塑料的。报名的人要先参加 Rock climbing 的训练。我看着一个大只佬兴高采烈地爬到了一半,向底下的人抛了一个飞吻。我按下了快门。这时候,电话响了。

听见一个男人没睡醒的声音。

耳朵旁边锣鼓喧天。对方骂了句粗口,问道,靓仔,快食还是包夜?

我问:什么?

对方停一停问：衰仔，唔好同我玩嘢①。问我什么，不是你留言的吗？

我说：我……

他说，叫鸡啊，大佬。

我看了一眼电话号码，是我昨天傍晚打出的电话。

对方有些不耐烦地说，到旺角先打过来喇，黐线。

三

我在晚上十点多钟的时候，到了旺角上海街。再次拨通了那个电话。依然是那个男人慵懒的声音。

他给了我一个地址，在兰街。

我一路寻过去。在靠近街尾的唐楼跟前，看见一个极小的牌子，"芝兰小舍"。我正愣神，楼道口出现一个扎马尾的瘦小男人，额发漂成了金色。他上下打量我一下，说，生口面哦。

问我找哪个，我想起了纸条上的名字，就说，Agnes。

他扬一下头，让我跟他上去。

---

① 粤语，这里大意是"你不要跟我开玩笑"。——编者注

穿过黑漆漆的楼道。上到四楼,在一个房门口停住。没什么特别处,倒是更残旧些,长满了铁锈。没有门铃,男人在铁栅上敲三下,停一停,又敲三下。

门响一下,从里面探出半个橘红色的脑袋。有眼光扫了我一下,听到里面的链锁打开了。

我们走进去,原来是个女人,有些年纪了。虽然光线昏暗,还是看得出,脸上扑了很厚的粉。她眯起眼睛,舔下嘴唇,说,好后生。

声音娇美得和她的身形不相称,说完在我屁股上摸了一把。

我有些慌张。男人推开女人,说,May,唔好食子鸡喇,我陪你唔系仲劲?

女人鼻腔里发出不屑的声音,将一口烟悠悠地喷到我脸上。

我还是看出来,这屋里是两个单位打通了的,隔成了很多板间房。走到尽头的一间,男人长长地喊:Agnes……

门打开了,但没有看见人。房间很小,倒有一张 queen size 的大床。天花板上的灯管裹着丝带,房间里就氤着粉红色的光。

我听见拖鞋的踢踏声。回过头,看见女孩正站在身后。

街童

她穿了紫红色的抹胸，和我昨天卖给她的77。她并没有正眼看我，只是将手很熟练地伸向背后，将抹胸的搭扣打开，说，先洗洗吧。

你在我店里丢了东西。我说。

她愣住，猛然转过头。看我手上扬着那根项链。

我说，你走得太急了。

她下意识地捂住了自己的胸口，嘴角牵动了一下，对我说，你等等。

她走到房间的角落里，从衣架上抽了一件T-Shirt，套在身上。这一瞬间，我还是看见了她的乳房，晕白地跳动了一下。

她伸过手来，我把项链放在她的手心里。

她戴到自己的脖子上，将十字架在手里紧一紧，闭了一下眼睛。然后对我说，断了好久了，送到铜锣湾的银饰店修。回来半路上才发现不见，谢天谢地。

我说，你信耶稣的?

她看一看我，笑了。说，我不信，可我姥姥信。信耶稣，得永生。

我卷起舌头，说，姥姥。

她大笑起来，说，你们香港人，学不会卷舌音的。

我也笑了，你姥姥知道你来香港么?

她眼神黯了一下，低下头去，说，她死了。

我也沉默了。

过了一会儿,她扬起脸,却问我说,你和女人做过么?

我摇摇头。

她想一想,挨我坐得近一些,握住我的手,放在她的脸上。我的手掌拂过她柔滑的皮肤,指尖烧了一下。

她更贴近了一些。我想起她鹿一样的腿,包裹着77。浑身渐渐有些发热。

她将我的手含在嘴唇间,轻轻咬。微微地痛。我一把推开她。

她看着我,说,你,不行么?

我虚弱地笑一下,摇摇头。

我说,你为什么做这个?

她侧过脸,眼睛里的光芒冷下来,她说,我为什么不做这个?

她在随身的包里翻了一会儿,翻出一只打火机,点上了烟,深深吸了一口,轻轻吐出来。

我为什么做这个?每个人有自己的本钱,我的在这里。她端了一下自己的乳房。T-shirt 也就跟着波动起来,上面粉红色的 Hello Kitty 好像活了。

烟抽掉半支。她侧过脸,看看我,说,真的不想?有个

街童

差佬，抓过我们一个做楼凤①的姐妹。后来给我遇到，在床上几乎要了我半条命。男人都是些假正经。

我说，你去过长洲么？

她拿起一枚很精巧的指甲刀，开始修指甲。头也不抬地说，没去过，是什么地方？

我说，是一个岛。我在那里长大。

她说，哦，我也出生在岛上。

我说，在哪里。

她说，蓬莱。

我说，蓬莱仙岛。

她笑了，说，你还真好哄，哪里是什么岛，就是个小县城。更没什么神仙，住的都是些人。苦命的还不少。

你有兄弟姐妹么？我问。

她摇摇头，问我，你呢？

我说，我有个哥哥。

这时候，一只鸽子飞过来，落在床跟前小小的窗户上。歪过头，看着我们。嘴里发出"咕咕"的声音。女孩掐灭手上的烟蒂，弹出去。鸽子吓得后退了一下，然后振一下翅膀

---

① 楼凤指在自己家里（自有或租住）进行性交易的女性人群。——编者注

飞走了。

我掏出了五张一百的纸币，放在床上。然后说，我走了。

她的脸还向着窗口。这时候回过头，看着我问，你还会来么？

我笑一笑，推开了门。

四

这一周雨很大，生意清淡。偶尔进来的，都是躲雨的人。

台风莫尼克，来了两天，没有要离开的意思。它喜欢这个城市。

我看着对面的时代广场，前面的大钟指针上哗啦啦地滴着水，走得很辛苦。

想起那年，我第一次过海，看到那只大钟。好像着了魔，看得挪不动步子。

哥哥牵着我的手，说，这只钟，看它秒针走十圈的，就要死。

我吓坏了，拔腿就跑，一路跑一路哭。

当天夜里，老怕自己会死掉。不敢睡觉。

阿爷为这事，又揍了哥哥一顿。

现在我日日夜夜对着这只钟，活得好好的。

还有半个钟就打烊了。同事们陆续走了，留下我一个，整理货品。

这个月的营业额惨淡。雷曼作怪，整个东亚市场面临危机。店长训话，东京已经关闭了六家分店。或许接下来就轮到我们。

有些雨水趁着风势，渗进店里来。

我找出地拖，刚拖了几下，电话响。阿嫲打过来。又在和我絮叨政府收地的事情。说祖屋这几天房顶漏雨漏得厉害，也没有人来修。突然话锋一转，跟我说，八筒叔前天死掉了。

外面一声炸雷，我手一滑，电话掉到地上。

伏下身去捡，抬起头，有人站在面前。

女孩的头发，湿漉漉地滴着水。

她撩起头发，打量我，然后阖一下眼睛，一言不发地向店堂里面走。走到更衣间，才停下来，对我招招手。

我跟过去。她说，你不问我，有什么需要么？

她打开更衣间的门。

我说，小姐，请问有什么需要么？

她踢掉麂皮靴子，直视着我的眼睛，说，我需要你。

我有些无措。一瞬间，被她拉进了更衣室。

她抓起我的手，从她的领口伸进去。先触到的，是那枚小小的十字架，被雨水浸得冰冷。十字架底下的皮肤，是滚热的。摸得到起伏，像是有东西要冲突出来。

我的喉管里有声音在涌动。热量从手掌传递到身上。我打了一个寒颤。

这时候，她捉住了我的唇。我感到舌尖被轻轻咬住。她看着我的眼睛。我心里有崩塌的感觉，紧紧抱住她。

血从她嘴角流出来。是我的，能感觉到她牙齿间细微的齿轮一样的边缘。然后是热的腥咸味道。

这时候，她一把推开我，说，你该打烊了。

我们走在轩尼诗道的行人路上。雨已经停了，不小心踩到一块不平的地砖，就是"扑哧"一声响。

我在前面走，她在后面影子一样地跟着。我上了小巴，她也上来，远远地坐在车尾。

我在油麻地下了车，穿过庙街。这街道现在还是灯火通明。有些小摊档在卖翻版碟。翻得不很好，罗文的声音就有些粗粝苍凉，倒是比原来耐听一些。"我们大家在狮子山下相遇上，总算是欢笑多于唏嘘……"

猪骨煲的味道渗透出来，整个街道就都暖融融的。一个婆婆走到我身边，扯扯我的衣角说，后生仔，这个好得不得了，金枪不倒。我看她偷偷地取出一个锡纸包，说只卖我十块钱。

一个文了身的胖大男人就说，阿嬷，男人金枪倒不倒，你是怎么知道的哦。

婆婆一愣，就开始谩骂，以"死仆街"开头，问候男人的祖宗八辈。

女孩笑起来，咯咯有声。男人轻薄地嘟一下嘴唇，把一块槟榔渣吐到她脚边。

我走到大厦的楼道旁，对女孩说，我到家了。

女孩说，我知道。

我上楼梯。平台上的灯光射进来，把我的影子拉得很长，歪歪斜斜地铺在楼梯上。女孩好像踩着我的影子走上来。

到了五楼，我打开了铁栅，听见有一扇门响一下。有隐隐的哭的声音，我知道，是隔壁的道友黄又赌输了钱，或者又拿钱买了粉。哭的是他的老婆。黄太是个爱面子的人，连哭都要压抑着。可是，这墙薄如纸的板间房，谁又瞒得住谁的生活。

道友黄阴沉着脸走出来，赤着膊去隔壁的公共卫生间洗澡。看见我回来，扬一下嘴角。他似乎没留心到我背后的女孩。我打开 D 单位的门。

女孩走进来，说，你住这里？

我点点头。

她的眼光扫了一圈，问我说，你喜欢 Beyond？

墙上是一张放大的黑白海报。海报上的黄家驹嘴角有笑意，眼睛很严肃。

我说，还行吧，这是我哥哥留下来的。

这张海报上已经有些水渍，是连月的阴湿天留下的印记。曲曲折折。我看过去，有一种奇怪的感觉。好像昨天刚刚贴上去，耳边会有《光辉岁月》的旋律。

女孩问，你哥哥是个什么样的人。

我有些心不在焉。我说，平常人吧，不算多好，也不坏。

女孩坐在我身边的桌子上。

这房间里没有像样的家具，只有这张大而无当的桌子，将房间的面积占去了三分之一。桌子缺了一个角，很破败，却镌着十分复杂的雕花。道友黄说，房东以前在外面是吃"息口"[①]

---

① 粤俚语，高利贷。——编者注

的。这桌子是从人家家里抢来抵债的。兴许是件老货。

女孩没再说话,手却在膝盖上轻轻弹动。当她的手指触到了我的胳膊,这手指的弹动并没有停止。仍然是轻轻地,从我的手腕爬到臂弯,又从臂弯爬到肩膀。我突然意识到,这弹动的节奏,时疾时缓,和我头脑里的声音,渐渐走到了一起。是《光辉岁月》。

我捉住了这只手。转过身,看着微笑的女孩,吻下去。

我吻着她,一边脱去了女孩的衣物,驾轻就熟,好像一个老手。女孩瞬间赤裸在我的面前,躺在这张桌子上。

我开始不知所措。

女孩仍然微笑,伸出胳膊,勾住了我的脖子。她导引我,用我们头脑里共有的那个节奏。

当我感受到炽热的包裹,才猛醒过来。女孩为我戴上了一只安全套。旁边是一个撕裂的锡纸包,上面写着"金枪不倒"。

一切顺理成章,好像完成了一个仪式。

我们躺在狭小的床上。没有说话。

过了很久,女孩说,你转过身,趴下。

我看她一眼,照做了。

女孩爬到我光裸的背上。很轻,没有重量。能感觉到的，依然是她手指的动作。温凉滑腻，好像一条鱼在背上游。我慢慢知道她在做什么。一笔一画，这其实是我们小时候曾经玩过的游戏。

我闭上眼睛，认真地在头脑里重复她的笔画。

我问，这是什么字？

她无声地笑。说，你的简体字学得真的不太好。就又写了一遍，说，这是我的名字。

"宁夏。"

我说，你是在那里出生的么。好像是个很远的地方，我们地理学过，在中国的西部，没有水，有很多羊。

女孩在我的背上沉默了一会儿，说，我没有去过那里。听我姥姥说，我爸爸去了那儿，就再也没有回来。他是文化馆的馆长，妈妈是县里歌舞团的演员。他们是在演出的时候认识的。我爸走了，我妈就跟另一个男人跑了。我是我姥姥带大的。我姥姥说，人的喜乐，都是主给的。所以，谁也别怨谁。

女孩问，你有姥姥么？

"姥姥"，我想一想，眼前突然蹦出了阿嬷的脸，就说，她还活着，整天都在抱怨。

女孩问，你还有什么亲人。

我说，我有过一个哥哥。

"有过？"

街童

嗯。我翻了一下身,女孩滚落下来,抱着我的肩膀。她身前小小的乳抖动了一下,贴近了我的胸膛。很温暖,像一对鸽子。

我看着她的眼睛说,他死了。

五

现在想起来,哥哥的死,或许并不是一个偶然。

我已记不清他的模样,只记得他的一头乱发。

哥哥比我高一头,说话永远简短,带着诅咒的性质。

还有,他爱穿机车版 Z61,烟灰色的,上面满是破洞,有肮脏的油腻。

说起来,我工作的这家店铺,历史也已经很久了。哥哥带着我站在罗素街上,那是第一次离开了长洲。"卡马"铜锣湾店开业的第一天。

我孤零零地站在店门口,看哥哥挤在一堆年轻人中间,买了一条 Z61。我问,哥哥,你为什么买了条脏裤子。哥哥喜悦地在鼻子里"哼"了一声,摸了摸我的头。

哥哥偷了阿爷的钱,买了这条 Z61。阿爷打了他,然后蹬了一脚，哥哥从楼梯上滚了下来。哥哥对我笑一笑，离开了家。

哥哥是同年的年轻人里，第一个离开长洲的。

那年哥哥才中三。再回家的时候，嘴巴上已生了浅浅的胡须。胳膊上文了一条龙，一头虎。

阿爷又一脚把哥哥蹬出了家门。

哥哥塞了一只"咸蛋超人"给我，说城里的孩子都在玩这个。他说，他要走了。是男人，就应该去街上混。窝在这岛上，生下来就死掉了。

哥哥笑一笑，转过身，赤金色的头发在阳光里飘起来。我远远地望着他走去码头。有人摸摸我的头，是阿爷，也远远地向码头望过去，叹了一口气。

有人说，哥哥加入了油尖旺的黑社会，当马仔。在架埗收保护费。其实哥哥没有。哥哥白天在上环的码头打工，晚上在庙街卖翻版影碟。

哥哥储钱，买了一辆摩托车。带我到大埔。一群年轻人，都留着长头发，脚上穿着镶了铜钉的皮靴。他们摩托车都改装过，开起来震天响。我坐在山崖上，看着哥哥的虎头车，跑在第一个。

两年后，哥哥加入了半职业的赛车俱乐部。

街童

哥哥后来，差一点就出息了。我们都在报纸上看到了哥哥。第一届的香港青年机车联赛拿了冠军。哥哥带了一只奖杯回来。奖杯金灿灿的，映得哥哥的脸很热闹。他说，我要让他们知道，长洲出了个李丽珊，还有一个林布伟。

阿嫲到处讲，我们家伟仔是武状元。阿爷没说话。只是第二天，发现奖杯被放在了祠堂里头，祖先灵牌的旁边。

半年以后，哥哥死在了亚锦赛的赛场上。我看见他的车被后面一架蓝色的"铃木"超过去，然后就偏离了跑道。我看见哥哥飞起来，在空中荡过一道弧线，然后落在地上。

两年后，阿爷也死了。阿爷快死的时候，不要去医院，谁说都不听。阿爷说，他要按老规矩在祠堂里等死。

大家就抬了他去祠堂，停在大槐树底下。他仰着脸躺着。大家很肃穆地在旁边袖了手，可是，到黄昏了，阿爷还没死，对我大娘说，想喝粥。

于是大家就又把他抬回去了。

第二天，他又要大家抬过去。到晚上，还是没有死。就又抬回来。

这样过了四天，大家都有些倦。仍然围着阿爷，开始聊起天来。张家长，李家短。说到了兴处，就咯咯地笑。阿爷就睁开眼睛，眼白一轮。大家就都安静下去了。

到了第五天，阿爷终于死了。他死的时候，谁都没注意。整个下午，都在议论大殓时，请哪个戏班过来唱大戏。到晚上要抬回家的时候，发现人已经僵了。

阿爷胸前捧着那张发黄的报纸，登了哥哥得冠军的新闻。大伯想将报纸抽出来，怎么都抽不出，只好呼啦啦地撕下来，扔在地上。

我捡起来，看见哥哥靠在他的摩托车旁边，站得直直的，却没有了头。给大伯撕掉了。

听我说完这些，宁夏没有言语。过了一会儿，她抬起手，摸了摸我的脸，嘴里哼起一支旋律，是《光辉岁月》。

我也轻轻地和上去。她的手在我的手心里，渐渐有薄薄的汗。她的声音弱下去。

宁夏躺在我身边睡着了，一只手还搭在我胸前。在日光灯的光线里头，她瓷白的身体闪着莹蓝色。我禁不住摸了摸，温热的皮肤有细微的颤动。

我睡不着，随手拿起一本横沟正史。其实我很少看书，但是，每当睡不着的时候，我会看这个日本作家的东西。他将一些血腥的故事，讲得很安静。适合这样的夜晚。

阳光照进来的时候，宁夏还在睡，睡得很熟。百叶窗将阳光筛下来，她身上就有了许多道弯曲的条纹。她翻了下

街童

身，终于醒过来。揉揉眼睛，看着我，用对陌生人的眼神。她迅速地爬起来，开始穿衣服。一句话也没有说。

她快要穿好的时候，我打开抽屉，抽出一张一千块，放在她手上。

她的动作静止了，捏着那张钱，停顿了几秒，然后掷在床上，顺手给了我一个耳光。

我听见，她"噔噔噔"地跑下楼去。我摸摸脸，有些发烫。

至今想来，和宁夏在一起的日子，其实有些突兀。但当时却觉得顺理成章。

在店铺打烊的时候，她经常出现在门口，浅笑着看我。同事们都不是多管闲事的人，所以对我和这个女孩的拍拖，也报以简单祝福的态度。

他们都注意到女孩穿着的，正是我们店里卖的77。也都说她穿得特别好看，简直可以取代门口灯箱上的广告代言人。

那一天，她身上是一件颜色极其朴素的碎花长衫，头发轻轻地挽着。也不进来，在门口看着我，说不出的娴静。

我们走在旺角的街头。穿过女人街，还有通明的灯火。在这深夜的热闹里，宁夏有些兴奋，恢复了活泼的样子。她随手拿了一件写满了潮语的T-shirt，在身上比画。又或者抄起一只面具，戴在我的脸上，用手机"喀嚓喀嚓"拍了许多张，全然不顾摊档老板的眼光。

在接近街尾的偏僻地方，有一个很小的摊位，琳琅地摆着一些饰物和玉器。大概大多都是假的。看摊的是个老婆婆，也并没有招徕生意的姿态，竟然半阖着眼在打瞌睡。

宁夏蹲下来，在这些东西里翻了一会儿，捡起一对紫色的耳钉。对着光看一看。

婆婆说，小姑娘，紫萤石的。这种颜色不多见呢。

宁夏认真地又看一看，问，多少钱？

婆婆说，我快要收档了，算你两百好不好？

宁夏放下说，折一半我就要。

婆婆抬起眼睛，看看她说，一半钱我卖给你一只，可戴一只是留不住男人的心的。

宁夏大笑起来。她说，婆婆，你留着自己戴吧。我这辈子，就没想过要留住男人。

说罢，她远远地大步走开了。

我想一想，掏出两百块，给了婆婆。

婆婆将耳钉放在我手里，笑一笑，慢悠悠地说，她不要留你。你留住她。

西洋菜街的尽头。我拉住宁夏，把耳钉给她看。她的眼

街童

睛亮一亮,说,你给我戴上。

我给她戴了。她问我,好看么?在暗影子里,萤石发出一种有些诡异的光芒。

这时候,有人走近,一边有嘈杂的说话声。

宁夏突然转一下身,抱紧了我,突然吻上了我的嘴。几乎透不过气。

我们这样抱了几分钟,那些人走远了。

宁夏放开了我。我看一看她,又捉住了她的唇。

我们在我的小屋里做爱。

我感受到了做一个男人的好处。很美妙。宁夏用她的身体控制节奏,让我欲罢不能。

我们没有太激烈的动作。也因为宁夏的从容和娴熟,我们之间没有冷场。在接近高潮的时候,宁夏发出了轻细的呻吟声。

这一刹那,我突然有些醒觉。我的快乐也许是来源于这个女人的职业习惯。这让我产生了罪恶感和淡淡的恐惧。

我们躺定下来,身上还覆盖着细密的汗珠。我似乎还能感觉到身边起伏的轮廓。

我起身,找出一支烟,点上。深深地抽几口,想把空虚感充满。

宁夏咳嗽了一声，然后说，我饿了。

我们坐在楼下的"陈记"粥粉店。

因为坐在外面，还可以看到月亮。在楼和楼狭窄的一线天空里挂着。有一些霾游过来，很快被遮住了。

"你吃什么？"宁夏用点菜纸敲一敲我的手臂。

"状元及第粥。"我醒过神，脱口而出。

"一个叉烧肠粉，生滚鱼片粥，状元及第粥？"

宁夏点点头，问我说，你喜欢吃这个？

我说，吃惯了。我阿爷要光宗耀祖。家里的男孩子吃粥，头道就是这个。我哥好歹上过新闻。我呢，祖宗都不要正眼看。所以，也就吃个意头。

宁夏喝粥的样子很轻巧，没有声音。也不说话，很认真地，一口一口喝下去。

她的脸，这时候没有血色。低着头，透过领口，隐隐看得见锁骨。她还是很瘦的。

我突然觉得有些心疼，摸了摸她的头。

宁夏扬起脸，问我，你怎么不吃。

我说，我喜欢凉些再吃。

她是饿了。喝完了粥，肠粉也已经去了一半。

街童

我想一想，终于问她，晚上不用回去么？

宁夏停住了筷子。她用纸巾擦一擦嘴巴，很慢地说，其实你是想问，我晚上不用回去做生意么？

我一时语塞。

她却在这时候笑了。她说，我晚上有自由，是因为我帮他们做别的生意。

我问，是什么？

宁夏没有答我，只是说，你的粥凉了。

六

我最后一次和宁夏一起喝粥，已经秋凉。

那一天一切如常。她接我下班，回家做爱。然后在接近凌晨一点的时候来到"陈记"。

我记得，她依然要了一个"生滚鱼片粥"，我依然要了"状元及第粥"。还有一个牛肉肠粉，不对，好像要的是个"炸两"。肠粉里包裹着油条。

宁夏那天兴致很好，并没有很沉默。她甚至和我讲起了一些八卦。她说，她的一个从湖南来的小姐妹怀孕了。已经四个月了才发现。May姐很恼火，追问起来，才知道，这小妹妹刚来的时候，连安全套都不知道怎么用。整只的吞下去，以为就能避孕了。

她说完，我们都没有笑。

过了半晌，宁夏说，我的双程证要到期了。

我捏了捏手中的纸杯，"咔吧"一声响。啤酒溢出来了。

我问她，你会回来么？

她低一低头，声音很轻，说不好。

我觉得脸上的肌肉有些别扭，还是叠出一个笑容。我想说的是，我上内地看你，其实很方便。

宁夏打断了我，她说，你留个电邮地址给我吧。

宁夏消失了。在我的生活中，消失了。

打烊的时候，我一个人望着门外，发着怔。

同事们开我玩笑，问是不是同我条女吵架了。这样过去了半个月，我还是望着门外。他们就不再说话了。他们议论说，德仔是同人掟煲①了。

店长过来拍拍我的肩膀，说，出息点儿，天涯何处无芳草。

---

① 粤俚语，分手。——编者注

我苦笑一下。

我认真地查看任何一个陌生的邮件地址。不顾电脑系统的警告,打开任何一封来历不明的邮件,电脑中了两次毒。

显示器上,出现一张恶魔的笑脸。然后用尖利冰冷的声音对我说,我电脑里的文件,已经全部被删除。

我站在旺角街头,已经是夜里十点钟,灯火通明。

我并不知道还可以往哪里去。

年轻的男男女女,走过身边,兴高采烈。

一个中年男人,头上戴着面具,扮作最近很红的立法会议员。他以"栋笃笑"①的形式,开始大张旗鼓地批评时政。关于拆除皇后码头,关于高铁,关于竞选答辩的无聊桥段。

围观的人足够多的时候,他突然转过身,褪下了裤子,露出肥满松弛的屁股,上面用浓墨画着特首的脸。依稀看得到股沟里的黑毛,令人一阵恶心。

走到兰街,我的呼吸开始急促。我并不期望有奇迹发生。但是,还是胸口发堵。

---

① 栋笃笑意译英文的 stand-up comedy,香港演员黄子华于 1990 年从西方引进华人社会的新表演艺术,跟相声有很多相似之处。——编者注

这里的女人，或少或老，都有一张不耐而讨好的脸。本来是目光倦怠的，当我经过的时候，突然就炽烈起来。

我像一只在游荡的猎物。无所用心，不知所措。

一枚烟蒂画了一个长长的抛物线，投掷到我的面前。还在燃烧。我一脚踏上去，碾熄了它。

终于站在了楼道口。我抬起头，看到"芝兰小舍"的霓虹招牌是灭的。灯管中间有些断裂，灰扑扑地纠结在一起。看起来有些破败凄凉，像个卸了妆的老女人。

我犹豫了一下，还是走上去。走到四楼，听见嘈杂的声音。看到门前的铁栅已经被拆了下来，靠着墙放着。

一个光着脊梁的男人，扛着一只电钻，走了出来。我问，你们在干什么？

他横我一眼，用很粗的声音说，使咩讲，咁系装修喇。

我顿一顿，终于说，住在里面的人呢？

他用轻浮的目光看我一眼，你话嗰间鸡窦，唔知喎。我都帮衬过，都想知。

说完，他挥一挥手，让我不要挡住他的去路。

我望了望里面，黑黢黢的，板间墙都推倒了。原来是很空旷的。

街童 179

七

腊月的时候,阿嫲死了。

留下了一只金镶玉的戒指,是要给孙媳妇的。

大伯放在我手上,说,生生性性①,来年讨房媳妇吧。你阿嫲走得唔安乐,一对眼睛都没阖上。

春天的时候,店里的生意维持得不太好。开始裁员,从高层开始,到分店的 sales。

我们店里,先是 KK,然后是华姐。华姐怀孕五个月。她临走拍拍我的肩膀,撇一下嘴,说,细佬,我是不想搞事,要不跟他们翻劳工法,他们就死定了。你好好做,替姐争口气。

留下的人,也减了薪水。店长一边骂,一边摇头说要和集团共渡时艰。

---

① 生生性性,广东话,指要懂事,要听话。——编者注

夜深了，还是在打烊后，我拐上轩尼诗道乘小巴，在旺角下车，走到油麻地，穿过庙街。有时候一错眼，就看到了熟悉的影子。醒过神，又不见了。

我笑一笑，还是往前走。不再作停留。

这城市造就了无数相似的人。走了一个，还有许多。

半个多月了，睡不着，就起来，去冰箱拿一瓶益力多。

打开灯。在焦黄的光晕里，看见了对面黄家驹的脸。微笑如常。天太潮，海报已经卷曲皱褶。他的笑容倒是生动了一些。

我的头脑里响起了《光辉岁月》的旋律。突然脊背上一阵凉，好像被手指轻轻划过。

益力多的味道酸而甜。我在头脑里默念着那些笔画。

这时候，突然电脑发出马头琴的声音。是来了一封新邮件。我抬了下眼，没有动弹。突然间，心里一凛，坐起身。

打开，一封没有署名和主题的邮件。

只有一个地址，在深水埗的元华街。

我用谷歌地图找到了这个地址。是一个废弃的工厂大厦。

八

宁夏见到我的时候,把身上的毛毯裹得严实了一些。眼神冰冷。

这房间很小,似乎只放得下一张床。却垂挂着长长的纱幔,发着污秽的粉红色。

一滴水掉下来,落到我的颈子里,一阵凉。我抬起头,看到屋顶上暴露的管道,锈迹斑斑,上面沁着水珠。

我说,你降价了,快食三百二。

她缩一缩身体,对我笑了笑。

毯子有些滑落下来。露出了她的腿,我看到,她仍然穿着那条77。或许并不是那一条。但我认为是。

我说,不认识了么?今时今日,这样的服务态度可是不行了。

我模仿着电视里刘姓明星的浮华腔调,喉头一阵酸楚。

她慢慢地站起身,说,先洗洗吧。

当她脱得只剩下文胸,我看见了她肩头的那块淤紫,她立刻遮掩了一下。我仍然看得很清楚。

她看着我，后退了一步。

我走近她，拉住了她的手腕。她颤抖了一下，嘴里发出"嘶"的一声。

我松开，看见她的手臂上，布满赤褐的针孔，泛着不新鲜的颜色。

我心里有些痛，又有些恶心。对于这些针孔，我并不很陌生。我的邻居道友黄，给我上过现实的一课。

宁夏挣脱开了。她背靠着墙，侧过脸去。

我问她：怎么回事？

她嘴角动一动。没有声音。唇抿得紧了一些，轮廓变得坚硬。

我问她：怎么回事？

她没有看我。

我们僵直地面对面站着。

她坐下来，摸索，在床头找到一支烟，点上。她并没有抽，任由它在指间燃了一会儿。沉默中，她忽然开了口：你走吧。

我站在原地没有动。

她抬起头。这回，眼睛里跳跃了一下，好像灰烬里的火苗，灼灼看着我。她说，你走吧。

街童

我说，到底发生了什么。

她将烟头掷在地上，用脚碾灭了。站起身来，狠狠地推我一把，说，走吧，快走。

在这一刹那，我看见了她脸色泛起了潮红。她咬了一下嘴唇。牙印下却现出了紫白的颜色。她慢慢地瘫软下去，蜷在了床脚。我上前一步。她扬起脸，泪流满面，身体发着抖，用轻得难以辨识的声音说：走……

在我不知所措间，她抬了手，按了一下床头的绿色按钮。

很快冲进来一个人。是个瘦小的男人，金黄色的平头。我和他对视了一下。有些发愣。是的，我也认出他来。他的马尾剪掉了。没有头发的遮掩，看到了他眉骨上一道深深的疤痕。

他错过眼，冲着宁夏嚷起来，死八婆，搅到我觉都没得睡。

他迅速地拿出一条皮管，扎在宁夏的臂弯，然后娴熟地拍打。宁夏虚弱地将头靠在墙上。然而，当针头扎进静脉，她还是战栗了一下。但很快就平静下来，呼吸均匀了。额上细密的汗，也似乎褪去。

她睁开眼睛，眼神空洞。

她轻轻地对我说，你走吧。

近乎哀求。

我走出门。粉色的灯光在我身后熄灭。我听到宁夏在黑暗里叹了一口气，窸窸窣窣地摸到床上，躺下来。

我回转过身，门重重地关上。

男人经过我，说，你怎么还不走。

我抢了他一步，拦到他前面，问他，你们对她做了什么？

男人冷冷地笑一声，看了我一眼：衰仔，倒来问我，我还想问，你对她做了些什么？之前条女不知几乖，识了个罗素街的小白脸，晚上就不愿意接客了。

做鸡不接客，大了胆子说要帮我们去湾仔送货。送了几次，我们老板以为她顺风顺水，放了单大生意给她。真是黐线，成只①货给她，当晚被仆街差佬放蛇。返来话货不见了。老板自然不能放过，唯有贱卖她。

我站在暗影子里，捏紧了拳头，指甲嵌进手心的肉里，

---

① "只"是黑社会指称海洛因等毒品的交易计量单位，一只为700克。——编者注

一阵发疼。

男人似乎没看到什么,只是自顾自地说下去。卖就卖吧,一天多几个男人,闭上眼睛,也不就过来了。粉债肉偿,了结早超生。死大陆妹,要逃。旺角就这么大,逃得出去么?她偏是烈性子,人管不住,就只好用粉管住她。月底有条跟货到南洋的船,就带她到吉隆坡去。卖到死都没人管,眼不见为净。

男人意识到了什么,突然打住,说,靓仔,这没你什么事了。快走吧。记住了,要是有差佬过来,死你全家。

她欠你们多少钱?

男人抬起头,看一看我,并没怎么犹豫:加加埋埋,十七万。

我咬一咬嘴唇,说,我还。

男人笑一笑,声音却带了些狠,好小子,重情义。行,给你一个星期。期限过了,可就由不得你了。

我不知道,我是如何走出这幢大厦的。只感觉到耳畔有些阴阴的风。很冷。

又下雨了。今年的春天,本就来得迟。下了雨,就又是一层凉。

走到街口,看到一个老婆婆推着小推车,车上是一摞压扁了的纸箱,大约是她今天捡来的收获。箱子上搭着一捆颜色不太新鲜的西洋菜,车子往前走一走,菜就颤巍巍地抖一抖。婆婆回过身,长长地唤:阿龙。

就看见远远地,一个小男孩跌跌撞撞地跑过来。站定了,扯了老婆婆的衣角。祖孙俩就一起慢慢地往前走。

我看着他们的背影,有些出神。

九

我凑到了九万块。

这是第五天。每一天,我走到元华街。我数到了那扇窗子,其实只是一扇气窗。但我似乎还是能看到粉红色的灯光,浅浅地放出来。是宁夏在里面。

有时候,窗子是黑着的。我就站在那里,等着。等那窗子又重新亮起来。我才会走。

宁夏在里面。

我大概筹不到更多的钱了。我对他们说,经济不好,公司裁掉我是看得见的事情。我想和朋友在油麻地合伙开个服装店。

大娘给大伯使眼色。大伯只当没看见。大伯写了张支票给我,上面是五万块。大伯说,德,这钱是留给你娶媳妇的。现在给了你,以后可就没有了。

我说:哦。

朋友们都说,林布德不是轻易跟人开口的人。要帮的。

我凑到了九万块。

我打电话给那个男人。

我说,能不能再给我一个星期。

他说,我们老板说了,人能等,船不能等。

我沉默了。

他顿一顿,说,也不是没有办法。

我听他说完了,说,让我想一想,等会儿打给你。

十分钟后,我打给他。我说,好,我答应你。但是,我要上去看一看宁夏。

他愣了一会儿,说,来吧。记得先带上那九万块。

宁夏很安静地躺着。没有声息。

脸苍白着,但是呼吸匀净。床头柜上摆着针管。大概是刚刚平复下去。

我用手指撩起她的额发。这仍然是一张好看的脸。只是很瘦了,眼窝有些陷下去。眉目就没有这么柔和了。

她的颈项上,还坠着那个银色的十字架。因为人瘦,胸前空落落的。

我摸摸她的手,还是温暖的。我把她的手,放到被子下面。想起了,又拿出来。我从口袋里取出那枚金镶玉的戒指,戴在了她的无名指上。不紧也不松,正好。

这是阿嬷留下来的,要传给她的孙媳妇。

我并没听到,这时候,我哼起了一支熟悉的旋律,是《光辉岁月》。我也没有看到,这时候,有一滴泪,从宁夏的眼角滚落下来。

十

这个叫深圳的城市,对我是陌生的。

虽然,和我生活的城近在咫尺。

也许将来也还是陌生的。我并没有看到它。过了皇岗口岸,上了一辆面包车。我被戴上了黑色的头套。

在暗寂里,只有耳朵是自由的。没有人说话,只有呼吸的声音。粗重的，轻细的。急促的，缓慢的。车在半途中停了，好像上来一个人。大概是个女人吧。因为多了轻巧的嗑瓜子的声音。这声音放大了，我好像听见瓜子壳被门牙迸裂，然后她用舌尖将瓜子仁从壳里轻轻挑了出来。瓜子仁混着唾液，在她的臼齿间碾碎了，然后被她吞咽下去，滑腻的声响。

一辆摩托车呼啸而过。轮胎在柏油路上粗粝地摩擦。然后，远远地听不见了。

我想起了哥哥。

我躺在黑暗中，听见金属碰撞的声音。

是一个手术台吧。我将要在这个手术台上，失去我身体的一个部分。

这个部分，值八万块。

我听见麻醉药注入了我的血管。和血液混在一起，向我的身体扩散。

我还是清醒的吧。

皮肤被划开，不疼，一阵凉。刀深深地探进去。又是一刀，再一刀。

我的身体重了，坠下去，又被托起来。我看见了。许多张脸,在看着我。他们对我伸出手,每只手,都是冰凉的。

嘈杂的声音,蚊嘤一样。近了,有什么东西沉重地落下,"轰"的一声响。我跌在地上。

我睁开眼睛。发现自己还活着。

我躺在水泥管道里,身体下面集聚着黏腻的液体。黑暗潮湿,呼吸不畅。铁锈的腥气漫溢。像是躺在一具身体里,很温暖。

终于。

我想喊一声,但没有了力气。于是我重又躺下。有一些液体流淌出来,漫过我赤裸的身体,积聚到了臂弯。

我这才发现,让我温暖的,是我自己的血。

退 潮

她是个懒人。

但似乎又不尽然。

或者说,她是个疏于思考的人。同时,她又是个勤劳的行动主义者。这一点,表现在她的墨守成规。

她住在港岛,每次去罗湖。她总是先乘103号大巴,然后在红磡转东铁。103的线路冗长,从港岛区悠然地兜一个大圈子,然后在维多利亚公园才转回了头,向着北方慢慢挪动过来。很少有香港人会选择这条线路,在时间的观念上,他们没有富裕的时候。这条线对他们来说是一个圈套,是一把良弓上疲软的弦。

而她坚持了下来,因为第一次,她就是这样走的。后来东铁线延长到了尖东。原本她可以改乘 973，到尖东。但是她没有兴趣，还是把一个小时消耗在 103 上。她四十多岁了。她感到她和这辆大巴形成了某种相濡以沫的关系。她在车上看 Road Show，觉得比在家里沙发上看 Star World 更加舒适。大巴上的座椅，贴合着她的身体，也让她感到安慰。

她在罗湖下了车，看着挤挤挨挨的人群，皱了眉头。

在这时候，她看见了他。

他正在行窃。他从一个很臃肿的高个子的旅行包里抠出一只皮夹，然后迅速地将包拉链拉上了。她一时呆了，目不转睛地看。小偷这种动物，对她而言，和外星人没有太多区别，被人议论了若干个世纪，到头来还是在她的经验之外的。

这时候，他回过头来。他竟对她优雅地笑了，踌躇满志的笑，似舞者的谢幕。他的笑是种恳请的默契。他的行为成为她和他之间的隐私，是一次意识上的苟且。他还是个孩子，孩子一样的面孔。孩子一样的头发，从脑门上耷拉下来。然而他的脸上，有一种成年男人的让人迷惑的神情。她想起了 Ken，Ken 是他的大儿子，十七岁了。他的脸上也渐渐出现了她所不了解的神情。自从上次在他的抽屉里发现了一只安全套，她忽然觉得 Ken 不属于她了。Ken 是她生的，曾经是她身体的一部分，和她的身体及生命贴合得这么紧。

然而，这只安全套让她明白，儿子放弃了她，用自己的方式和另外一个女人完成了另一种更紧也更愉快的贴合。一瞬间，前所未有的孤独席卷了她。

她看着他，皮箱的把手在手心里紧了紧。他却又特意地与她对视了一下，不卑不亢地。这是恶作剧的一眼，让她在忽然间慌乱了。她低下头去，心里想象着这对视间的险象环生。

当她终于勇敢地抬起眼睛，他却不见了。到处是人，他淹没在了里面。

她在原地停顿了一会儿，觉得是自己将心中的余悸夸大了。她说服自己，镇静下来，走进关口的商业城，乘了电梯奔彩蝶轩去。这也是循规蹈矩的一环，她每次来这里都要做的。

这些年来，大约是经济没有以往景气，香港人兴起了北上深圳消费的热潮，依据的是少花钱多办事的原则。这商业城是应运而生，吃穿用度，桑拿按摩，架起了实实在在的一条龙，铁定了心要为香港人民服务。

她来这里，却只是喝茶，她不像其他的师奶在这商业城里淘冒牌的 LV 和 PRADA。

这家彩蝶轩的虾饺和豉油凤爪，口味似乎比金钟太古广场的那家还要正。

她要去的地方在关外。

这是她投资经验中的一个败笔。她没有生意人的经济头脑,却有着生意人的热心和冲动。

所以,当那个心怀叵测的房产经销商将这幢地处边远的小别墅推荐给她,她是抱着感激的心情的。她在经销商的长篇大论里只听到两个字,升值。

她并不知道,这幢别墅坐落于市外臭名昭著的工业区。不绝于耳的是鼎沸的机器运转声,空气污染指数是正常值的七十倍。

她对骗局表现出了异于常人的理智态度。第一天看到这幢青灰色的小楼,她知道,她投资的钱被无情地绝育了。

她受到了亲戚们的嘲笑。她冷笑了一下,对他们说,这幢别墅,我是买来给自己住的。

于是,她真的自己去住。每个月,千里迢迢地从港岛坐车去深圳的关外,住上几天,告诉别人房子没有闲置。心里也觉得多少挽回了一些损失,这种挽回的方式在她看来是集腋成裘的。这是她诗意的想法,她在私底下,总有些诗意,这一点她自己并不觉得。

她不乘出租车。她从来是收拾了一只装了换洗衣服的箱子,一路劳顿,然后在罗湖施施然地登上一辆去布吉的长途巴士。

等这辆巴士的多是民工、小打小闹的生意客。她甫一出现，便成为焦点。她与这周遭的气氛格格不入，在谁眼里也是莫名其妙，成心叫人自惭形秽的。他们不知道她把这惯例的出行当作过节。一身名牌，不知收敛，变本加厉地雍容，为的是自己的心情好。

车来了，别人往上挤，她也挤。她放下万方的仪态，挤得生猛。她将身体努力地一挺，人到底是进去了。可是，她的手提箱，卡在了后面的汹涌的人堆里，拔不出来。

她有些焦急了。这时候，却看到箱子自己升腾起来。她疑心是幻觉，却看到了托起箱子的一双手，白皙修长的一双手。再看，却是一张脸，微笑地对着她。她心下一凛，是他。

他将箱子递给了她，自己也挤上了车。

她浑身都紧张起来。他在她身后坐下了。

汽车启动，猛然地颠簸了一下，她的心里又是一沉。

所有的预感都是不祥的。

历来，作为一个好奇的人，她从不肯放过沿途的风景。这座新兴的发达城市，有着与香港不同的辽阔与坦荡。她饶有兴味地看，有些爱，也有些挑剔，用的是初为人母的眼光。

可是今天，她却将脖子僵直着，身体像架纹丝不动的

退潮   199

座钟。

她知道，自己是怕了。她想，这一点绝不能给他看出来，于是，开始做作地东张西望。

终于，她望到了司机的后视镜里去。先是看到了自己尴尬的神情，又看到身后的他。

他的下巴很尖，狐狸一样俏丽的轮廓，些微的女性化。嘴唇是鲜嫩的淡红色，线条却很硬，嘴角耷拉下来。是，他垂着眼睑，目光信马由缰。他抬起头来，她看到了他的眼睛，很大很深，是那种可以将人吸进去的眼睛。他是个好看的孩子，她想。

突然，她看到他的目光从后视镜朝她逼视过来，那种来自雄性的漫不经心又刻意的光。她的窥视被发现了。

她心里一动，却不是怕。她又低下头去。目光这样的熟悉，可是，又好像隔了时空。

她的老公，死了四年了。

那是她这辈子的好时候。她还生长在那个江南的城市。因为长得好看，她被选到一家涉外酒店当服务员。

这座酒店也是这城市里最高的建筑，她服务的地方在酒店的顶层，是一个可以旋转观光的餐厅，叫旋宫。

她站在这城市的顶端，总觉得有些高处不胜寒，这与她善感的心却是丝丝入扣。

她和她老公就是在旋宫里认识的。其实,她对这些港客怀有成见,觉得他们是些不中不西的人。可是,有一次她给一个香港男人铺开一条餐巾,男人却捉住了她的手。倏然又松开了,抬起头来用眼睛看她,用的就是这种漫不经心的眼神。

那时候,这男人的年纪不小了。头顶有些谢,面相却是精力旺盛的样子。

男人开始给她送礼物,丝巾、手链,都是像她这样的女孩眼中的稀罕物。终于有天是枚金戒。姐妹们都说她是要交上好运了。她却表现出难得的从容大度,将这些礼物按规章交给了领导。领导促狭地一笑,将礼物还给她,让她收好,说她要发达了,不要忘记一班水深火热过的战友。

她和男人终于上了床。男人系上裤子,抚摸着她的身体,口气夸张地说回去交接了这单生意就回来接她。她在心里冷笑,将他的话当作苦戏里的古老桥段。知道这会是个漫长无望的等待。

没想到,她还没来得及自怨自艾,两个月后,就来到了香港。

她这辈子也太顺理成章了。

想到这里，她叹了口气。

巴士不紧不慢，欣欣然的。车上倒有一半人在打瞌睡。她侧了脸望过去，到处是轩昂的楼。这城里的繁华是速成的，没有推陈出新的过程，而是新的将旧的在一夜之间席卷而去。

她想起到香港前的一个晚上，她就住在这座城里。

男人来接她。在城中村的小旅社里，他们默然地坐在一张肮脏的床上。那时候，这城里到处是地基，到处是触目惊心的"拆"字，半夜里还听得见轰隆隆的打桩的声音。她真的感到怕，在心里发着虚，觉得大限将至。因为怕，她要男人跟她做爱，做了一次，还是怕，就又做了一次。做完了，她躺在男人怀里，看他漫不经心地对她笑，她想，她有些爱这男人了。

她细心地回味她男人的笑，心里升起些甜腻的暖意。

她禁不住要看他。

她想自己总要做得自然些。她仰起头，撩起了鬓发，扫视车前的后视镜，却看到了耳边惨淡的一缕白。

她愣了愣，歪一歪头，看到了他。他似乎睡过去了，头靠着车窗，随着巴士的颠簸轻轻地摆动。嘴是微微张着，闭着的眼睛是两道圆润的弧。他的表情是要讨这世界都原谅他的。

他那么年轻，他的颈上轻微的凸起，是个起伏的喉结。他不再是孩子，是个年轻的男人了。

她想她对男人是熟悉的，她这半辈子都是守着家里的三代男人过活。看男孩子长大成人，看精壮的男人老过去，看老男人走到了尽头，走到了死。

公公是个随军从大陆逃到香港的国民党老兵，在将军澳住下来，娶了当地的讨海女。她过门两年，做公公的就过身了。这整天活在暗影子里的人没给她留下什么印象，死前留了封遗书，半文半白的，说这一辈子是完了，唯一欣慰的是儿子给他从老家里讨了儿媳妇。

老公是个孝子，对她爱得有限。她认命，不怪他。这男人不易，靠自己将一份家业撑起来，做大。她想帮他，他不让，让她守做女人的本分。她就什么也不做，静下心帮他生三个孩子，养大。老公在大陆有女人，她不怨。男人心里盛着她，临死只给二奶留了两处房产，其余的还是给了她。

现在家里只一个男人，是她儿子Ken。她总对自己说她不指着他防老，她自己有钱。可是她不能想象这孩子会离开她。她不想他长大。可她还是在Ken十四岁那年在他内裤上看到了男人的痕迹。Ken没有上大学，等着继承她的遗产。Ken和那个茶餐厅的小女孩子在屋里出出进进，倒与她抬头不见，低头也不见。

退潮　　203

她想 Ken 因为她买下了这幢别墅，指着她的鼻子大骂犇线。

她横一横心，想自己生来就是个犇线人，现在偏要奔着这个犇线的地方去。

巴士出了关，出了城里的地界了。车颠得厉害了，驶上了煤灰路。她感到有些恶心，车厢里腥臭的气味重浊起来，外面一大片一大片的绿也愈发的缭乱。她庆幸自己有备而来，从手袋里拿出晕车灵，就着水服下了两粒。拧盖子的时候，车猛然一颠。瓶盖脱了手，不知道滚到哪里去了。她低下头来找，又不想动作太大，失了矜持，就只好小幅度地左顾右盼。

看着看着，看见身后伸过来一只手，手里捏着那个瓶盖。她回过头去，看见他含笑的眼。她匆忙地说了声谢谢，接过瓶盖。

她昂然地坐着，渐渐感到了温暖的气流，拂着她的颈。是他的鼻息，粗重而温和。

他的脸，离她很近了。也许他的鼻尖正贴着她，不盈数寸。

她不知道自己为什么会有了种种猜测。都是凭空的。

她觉得心口有些憋闷。

很久没有男人与她这样近了。四年，她对男人一以贯之地凛然。

那气息终于在她的耳后了。

她的身体在一瞬间松弛下来,额头与手心沁出了潮热的汗。

那是她敏感的区域,她惊觉。她惊觉了他的用心,而他,只是个孩子。

她的身体向前挪动了一下,这是无谓的反抗。那气息更浓重了。她的眼睛惺忪起来,无端地产生了睡意。

她终于呼啦一下拉开了车窗。

清冷的风灌进来,她得胜似的对自己微笑。

司机报了站,她拎起手提箱,飞快地下了车。

走了一会儿,回头望一望,并没有什么人。她步履轻盈得自己都吃了惊。

下午四点钟。她走进了别墅区,心情些微地不好。灰蒙蒙的天,是提早到来的暮色。她想象着空气中肆虐着被污染的尘土颗粒,觉得自己也不洁净了。

除去远处工厂的声响,这地方是寂寥的。她找到了自己的那幢小楼。不难找,因为楼前有棵高大的棕榈树,只是没了原来的招摇样子,死了。阔大的叶子耷拉下来,像一面破败的旗帜。好在别墅本身还是堂皇的。这是她的。她想。

房间里是昏暗的,昏暗中浮动着大块的突兀的白。她拉开窗帘,光线闯进来,才发现是自己上个月裹在沙发上的白布,她已经全然不记得了。

她打开箱子,将衣服一件件挂到衣橱里,挂着挂着,觉得疲惫极了。她决定先去洗个澡。

浴室里是一片湖蓝色。这是她选的颜色。装修工人说这颜色太土气,要用亚麻色的瓷砖。她不屈不挠地争辩。她记得清楚,当年旋宫里的地毯,就是这大片的湖蓝,她日日在上面走过。

她要的,还有一面比例夸张的落地镜。她除了衣服,看镜中的自己。四十多岁了,她还是个好看的女人。她挺了挺身子,像展平一张打了褶皱的纸。

她躺在浴缸里,看着眼前氤氲起浅浅的雾。她真的想这么一直躺下去。

这时候,却有急促而清脆的声响。她不想理会,铃声却一阵阵地紧张起来。她终于烦躁了,起身,匆匆地擦干了头发,裹上件浴袍走出去。

她打开传呼,问是谁。是个浑厚的男人声音,回答说是物业管理。

门外并没有人。

她问有什么事,男人说,煤气管道例行检查。

她说,现在不方便,明天来吧。

男人说,最近几个住户投诉说家里发现煤气泄漏,安全起见，还是早些检查，排除隐患。

听到这样说，她终于有些慌张，打开了门。

男人走了进来，抬起了头，是他。

她要叫出声来了。

他一脚踢上了门，返过身来，用手堵上了她的嘴。她挣扎着，拼了命地蹬他。他的力道很大，她有些窒息了，没了力气。

他撒开了手，却旋即又堵上了她的嘴，这次，用的是唇。

他要撬开她的牙齿，她不允，却敌不过他。他的舌像一条滑腻而暴力的蛇。他的唾液是腥甜的。

他的手现在腾出来，伸进她的浴袍里去了。他轻柔地揉捏她的乳。她的身体像触电一样痉挛了一下，软了下去。

他将她放到沙发上，剥去了她的衣服。她一阵羞愧，蜷起了身子。他对她微笑了一下，像个天使。

她迷乱地看着他，不知所措。他却有条不紊地脱光了自己，拨开了她的双手，趴到了她身上。她感觉到了他肌肉的轮廓，成年男人的，嚣张而放肆的坚硬。他进入了她。她感觉到了他对女人的熟稔，攻城略地般的利落。

他用舌，用手照顾着她。她抓紧了他的背，她感到了自己的脚趾在他臀上轻微地颤抖。还有鼻息。他的鼻息，浓浊地，温暖地渗入到她的肌肤里去。她是在一大片的潮水里了，正被包裹着，席卷而去。这潮水来势汹汹，她要抓住岸。可是，没有岸。

他的呼吸急促了。他在攀升，她跟紧了他。

在高潮的一霎，他嚎叫了。这是让她心悸的声音，她的心里忽然一阵充盈。

她流下了泪水。

他从她身上下来，跌坐在地毯上。

她也坐起来，拿浴袍遮住了自己。

他索性躺下来，闭上了眼睛。他还有些喘息。一滴汗珠从他光润的脸上滑下，沿着狐狸一样俏丽的轮廓。他是个长着孩子脸孔的魔鬼。

突然间，她对他生出了心疼的感觉。他微微起伏的胸膛、他浑圆的脐、他的私处柔软的毛发，都让她心疼。

她禁不住想去抚摸。

年轻的男人的身体，其实是她陌生的。

她最后一次给 Ken 洗澡是在 Ken 六岁的时候，Ken 也是个年轻的男人了。

这个想法让她心中抖动了一下。

他起身，在自己的裤兜里摸索，摸出一根烟，点着了。

房间里飘起了淡淡的劣质烟草的味道。她先皱了眉，却又很享受地抽动了一下鼻子，这也是年轻男人的气息。

他抬起眼睛看他，是狎昵与挑逗的神色，他问她，抽么？

他将嘴里的烟放到她唇上，却又迅速地拿走。他在裤兜里摸索，摸出了另一根，点燃，放在她的中指与食指间，让她夹紧。

她发着抖，将烟放在嘴边，用尽气力，抽了一口。多么苦的烟啊，刺激着她的舌苔，在她的肺里翻腾了一下，从她的嘴里袅袅地游动出来。

她又抽了一口。浓重的醉意袭击了她。她努力地睁大了眼睛，看到他模糊而温暖的笑容。

她醒过来的时候，发现自己被捆绑着，用的是撕成条的浴袍。

她听见了远处工厂的轰鸣声。

一缕光照射进来，这是曙光了。屋里一片狼藉，手袋里的东西散乱在她脚边，似鲜艳的五脏六腑。

她耸了一下身子。

她动弹不得，双手紧紧地绞在一起，像一棵受难的树。

告解书

Chapter 1　杜若微

对不起，又睡过头了。

哦，就是这些吗？需要我读出来么？你们从哪里找到了这个？好吧，不过这种文艺腔的东西，我很久没念过了。

你说，关于过去。好吧，我读。

录音打开了么，哦，那我再等一等。好了，那开始吧。

其实，他的模样已经有点模糊。记得是，他的眉毛浓重，眉宇却开朗。是心平气和的面相。

现在想来，我们的相处，其实波澜不兴。以至于，我好像是在回忆我自己的生活，而不是两个人的。那时候，彼此都有要做的事情。而在他眼里，我是个孩子，或许现在仍然是。

谈不上分开，是自然地解体。两条铁轨，在一个空旷的地方交汇。但是又因为扳道工的尽职，猝然分开，各行其是。

知道内情的人。都说这两个人，将来都是了不得的。其实是他理智，与我无关。我的主意，都是他拿的。

或许优柔寡断，也是他的从容。

后来，两个人各走各的。也都没什么了不得的作为。

后来，他结了婚。生了孩子。孩子的名字，是我起的，叫禾稼。因为生在十月，十月纳禾稼。

坐他的车，和一群熟人吃饭。一路上都是红灯。在一个街口，他把手伸过来，握一握，是鼓励的意思。其他，再没有什么。

认识的一帮人，老的老，出国的出国，结婚的结婚，当爹娘的当爹娘。曾经最光鲜的一个，却在醉酒后把自己弄残了。

后来去唱 K，他唱《惑星》，唱得非常认真。在和自己较劲儿。

有人就跟我说，他还是放不下。

我说，我是拿不起。

过去了这么多年，想说不想说的，也都不说了。

收到他寄来的一本《阅微草堂笔记》。那是他喜欢的小说格式。记得有一个冬天，他给我读尼金斯基的回忆录。后来饿了，就出去吃火锅。吃的时候还带着，结果忘在火锅店了。他就编了后半个故事给我听。后来，是许多年后，我又看到了这本书。原来真相，比他讲给我听的，要平庸百倍。

这是他对生活的观念。没有大开大阖，也无所谓苦痛。过日子就是好的。

也许，我已经是让他意外的部分。不过，他还是当是最自然的出现，接受并善待。

他对我最大的教导，是这么一句话，别老问为什么。

好了，读完了。就这样。

嗯，是有点平淡。为什么没有细节？哦，别老问为什么。

Chapter 2　林牧生

你见过这只表？上回见面是什么时候？

对，两年前，在旧中银楼顶的 China Club。那次之后，很多人没有再见到。如果不是陆西蒙要回布拉格，谁会在那里过平安夜。

你说钟小辉么？我吻了她。呵呵，我的确不记得了。如果有，大概是在天台上。中环的夜色太撩人。发布会后，她也消失了。嗯，是的，她卖掉了意大利版权，不过翻译得有些糟糕。

忘记 Robinson 吧。你大概难以想象，他已经四十五岁了。一个男人，应该在适当的年纪做适当的事。

好吧。我们可以开始了。

是的，那天我们在艺穗会附近分了手。我和陆西蒙从扶手梯拐下去。那是一条捷径。兰桂坊这时候人满为患。"九七"之后，这一带的酒吧大换血。以前常去的"Milk"，已变了"Dublin Jack"。风骚的菲律宾女歌手,自然不知所踪。西蒙张望了一下,说,今天来这里,真是老夫聊发少年狂。这已经不是我们的地方了。

一个男孩子,嘴里叼着一根烟,摇摇晃晃地走出来,看我们一眼。走到墙角里,旁若无人解开裤子方便。两个女孩跟出来,拉了他一下,他一回身,爆出很粗的粗口。

突然的欢呼声把他的声音淹没了。

西蒙说,或者我们应该去"苏荷"碰碰运气。

我说,还不是大同小异。就为了喝上一杯,走那么远。

说是这样说,我还是跟上了他。

人其实一样的多。外国人,中国人,不西不中的人。我们随着涌动的人潮,多少有些格格不入,像两个穿着周正的"耆英"[①]。这样一路走,因为与其他人身体的摩擦与汗液蒸腾,十分燥热。先前喝的红酒,也有些上头。不知怎么走上了石板街,人居然松快了些。我长舒了口气,回过头。发现西蒙不见了。

打他的手机,已经关机。我暗暗骂了一句。沮丧间酒也醒了,留在此地,已经无谓。但还是要走到半山,去搭出租

---

① 耆英,对老年人的一种敬称,指高年硕德者。——编者注

告解书　　217

车。这条石板路前所未有地长，到了尽头，大约又已过了十分钟。

在和云咸街交界的地方，我看到了熟悉的琥珀色灯光。

这是我曾经帮衬过的小餐厅。"Mrs. Jones"，得名于 Billy Paul 的名曲 *Me and Mrs. Jones*。自然，餐厅的背景乐多半是爵士，和金绿色的街招相得益彰。记得招牌菜有意大利炖肉配薯仔粉团。母亲似乎很欣赏。味道好，价钱也算公道。

但今天，音乐却和着隐隐风笛的声音。仔细看了一眼，才发现已人是物非。店名转作"KILA"。大概是爱尔兰风味的小酒馆。影影绰绰的几个人，在这样的平安夜，已很寥落。

我不知道为什么会走进去，并且坐定，要了杯威士忌。店主很年轻，生着卷曲的黑头发，说洋腔调的广东话。我有了一种猜测，于是向他打听起"Mrs. Jones"。果然，他告诉我，原先的老板是他的伯父。去年三月退休回了都灵，并且在半年以后去世，也算是落叶归根。我有些唏嘘，也就懂了，这店里陈设，大半都没有改变。爵士虽是过去式，琥珀色主调保留下来，余韵犹在。

这时候，有人打开门，带进一阵风。

这风的寒凉里，有种气味，游丝一般，却让我蓦然清醒。这气味与我的职业敏感相关,是一款久违的香水。虽然当时我的头脑困顿,还是立即想起了它的名字,"午夜飞行"。

你们这一代人,大概对这支香水,不会太有印象。早已停产的款。但若讲起它的出典,并不会觉得陌生。有关《小王子》的作者圣埃克苏佩里的传奇。他还有另一个身份是飞行员,航空冒险家,曾经为法国开拓过九十二条新航线。1931年,出版了《午夜飞行》,主人公在南美洲的最后一次飞行中失了踪。消失在天空尽头,很壮美,不是吗。因为这部小说,两年后,雅克·娇兰(Jacques Guerlain)调制出了叫作"Vol de Nuit"的香水。二战结束的前一年,圣埃克苏佩里重现了小说人物的命运,在为盟军执行空中侦察任务时一去未返,下落不明。

1933年。这气味是属于久远前的。我回转过身,寻找它的来源。靠窗坐着一对中年夫妇,沉默地喝酒。穿着皮衣的年轻男人,留着隔夜的胡渣,面前是吃剩了一半的三明治。靠他左边的眼镜仔,皱着眉头,把一叠《维城日报》翻得山响。

这气味近了。"Gin Martini, please。"我听到的声音十分微弱。我抬起头,看到一个很瘦的身体,靠着吧台坐下来。是个女孩。披着很厚的开司米披肩,上面有紫色的暗花。花瓣大得似乎把她包裹了起来。"Gin Martini, please。"她苍白着脸，又说了一遍，依然很轻的声音。酒保没有听见，她低下了头。"Gin Martini。"我重复了一遍，酒保转过脸。"For this lady（给这位女士）。"她的脸也转过来，我对她举了举杯。她的眼睛里有些笑意，怯生生的。虽然被额发遮掉了一半。我还是看见了，一张十分年轻的脸。

她是这味道的来源，"午夜飞行"。我的确感到诧异。好吧。气味与人，有自己的逻辑，类似一种可预见的顺理成章。比方 Germaine Cellier[①] 的手笔 Bandit，硬朗不羁，与 fairy lady 无缘，To Have and Have Not，需以皮革压阵，绝处逢生。Serge Lutens 的 Feminitè du Bois，骑鹤下扬州。孤寂落寞的招魂术，好似资生堂时代的山口小夜子。

"午夜飞行"的主人，气质应有厚度，并非暗夜妖娆，而是曾经沧海。这女孩的稚嫩羞怯，与这气息间的冲撞，在我看来简直称得上荒诞。她很小心地喝酒，眼神有些散。在一曲终了的间隙，我说：你用的香水，是你母亲的吧。

我尽量问得不经意，她还是似乎吓了一跳。她侧过脸，对我笑了笑，笑得很虚弱。然后沉默着摇一摇头。

在我觉得自讨没趣的时候。她站起了身，裹了裹披

[①] Germaine Cellier 是法国著名女调香师，Bandit（匪徒）是她调制的一款香水。——编者注

肩，走到我身边缓缓坐下。那你觉得，我该用什么香水？J'adore，还是 Coco Mademoiselle？

她细长的眼睛里，突然有了一种光芒，虽然稍纵即逝。

我说，你可以试试 L'eau D'Issey，会清澈一些。

可我只喜欢这一支。她说。

我一时语塞。于是转过头，和酒保聊起天。酒保似乎有些心不在焉，眼光向女孩的方向瞟过来。

突然，远处的钟声响起。接着有欢呼声。焰火星星点点的光，散落在落地的玻璃窗上。

零点了。酒保说。

新年快乐。我举起了酒杯。

Amble rum。女孩说，还有一杯给这位先生。

我说，谢谢。

女孩说，你的杯子快见底了。

她说完浅浅笑了一下。笑得很好看，略微欠缺生动。

为"午夜飞行"。她抬起手碰了一下我的杯子，发出悦耳的声响。

我不记得酒馆在什么时候打烊。因为我醉得近乎人事不省。但我记得在黑暗中有人撑持。我触到开司米柔软的质感,并依稀看到了巨大的紫色花瓣。

我张开眼睛的时候,首先看见了壁炉里的火。很久没看见这样明艳灼人的火了。浓烈得听得到燃烧的声音。

我是在一个陌生的房间里。靠近壁炉的地方,米色的墙纸卷曲剥落,看得出经年老旧。墙上是一张中东波斯挂毯,颜色已有些黯淡。在火光里,看清楚了是个衣饰华丽的男人跨骑在马上,神态肃穆。马匹体型丰腴,却生了一颗女人的头。屋内的其他陈设,也是中西合璧。混搭之下,斑斓且落拓。我正以不甚舒服的姿势斜躺在沙发上,近旁是一只明式红木圈椅。椅子上散散摆着一些书。《鲁拜集》、托马斯·沃尔夫的《时间与河流》,还有一本威廉·布莱克的诗选,覆着山羊皮的封面。我捡起来,手指抚摸着书面烫金字的凹凸,翻开来。

这时候,面前出现了一个人。我抬起头,看到那个女孩。她已换了齐身的睡袍,仍披了宽大的羊毛披肩。大概是太温暖的缘故。两腮泛起了一抹红晕。我这才发现,她是一个美人。

你醒了。她说。

这是在哪里?我问。

我的家。她认真地用手指插进了头发,疏通了打结的发梢，然后说，你醉得很厉害。

我说，谢谢。

她回过身，仿佛自言自语，我想你应该饿了，我去拿些吃的。

这时候，她的睡袍波动了一下，空气中弥漫起熟识的气息，迅速融进了这房间的陈旧里去。

她端来一些曲奇饼，上面点缀着新鲜的蓝莓。还有余温，应该出炉不太久。味道不错。香味间有一种奇异的涩，刺激了味蕾。

放了一些大麻。这对宿醉的人有好处。她说。

为了表示领受她的好意，我大口地吃下去。苦涩成为某种牵引，让我的胃口骤然好起来。当我意识到自己正形成漂浮的错觉，不得不承认，这是十分美好的体验。然而，渐渐地，口腔间有了郁燥感。灼热难耐，呼吸似乎也无法保持平缓。身体的一部分，好像要在这温暖的房间里，突围而出。

我艰难地对面前的人伸出了手，好像在水中寻找救援的人。

我在昏暗的阳光里，再一次醒来。首先闻到的，是灰尘的味道。头剧烈地痛。这味道是来自身上盖着的羊毛毯，同时这毯子与我的身体发生轻微的摩擦。我才发现自己不着一缕。

我艰难地用胳膊肘支撑了一下,想要坐起来,身下的床过度松软。在这一瞬间,我看到了窗台上的照片,镶在镀银的相框里。

照片上是一对男女,都生着黑色的茂盛的头发。男的穿着军装,面目严肃成熟。年轻女人在微笑,齐眉的刘海。虽然已泛黄模糊,我还是辨认出了这张脸孔。

照片是有年头的,很快我的想法得到了印证。在右下角,有极小的钢笔字,写着一九六六年七月。

一杯热牛奶摆到我面前。

这是你的母亲,是吗?我将照片搁回了窗台上,很小心地。

有手指轻柔地抚在我赤裸的肩膀上。

不,这是我。

我感到肩膀抖动了一下,没有勇气抬起头。

她坐下来,捧起我的脸。我没有选择地直视她。

少女的脸庞,在晨光里是瓷白的洁净颜色。"圣诞快乐。"她说。

这张脸下面,我看到了一节枯干的颈项。褶皱的皮肤下,是微微发青的血管。

我的余光，落在她的手腕上，有浅浅的老人斑。

我听到的声音，柔弱而清晰。

是的，这是我结婚那年的照片。我二十岁，里昂二十七。第二年冬天，他参加了越战，三个月后在战场上失踪。我们再没有见到。

她撩起披肩的一角，在相框上擦了擦。然后掰开了相框背后的锡钉，取出一只压扁的硬纸壳，金色的香水包装盒。

我还是收到他的最后一份圣诞礼物，从香港寄来。他并不很懂香水，不是么？不过我也已经用了四十多年了。

她缓缓走到壁炉前，打开一只玻璃柜。虽然有她身体的遮挡，我还是看见整齐摆放的一排方正的瓶子。大都是空的。琥珀色的螺旋桨标识，镌着"Vol de Nuit"。她拿出其中一支，向空中喷洒了一下。

鼻腔里充溢着气味，新鲜、前所未有地浓烈。

这是我可以做的，我的积蓄，还够保持他临走时候的模样。她摸摸自己光洁而缺乏生动的脸，手指神经质地弹动了一下。忧愁地笑了。

我穿好衣服，沉默地离开。外面并没有很多新年的气氛。荷里活道上的唐楼面目相似。我回过头，刚刚走出的是

告解书

哪一幢，已经不记得了。

好的，让我回一下神。是的，没所谓。你随意好了。

Chapter 3　郭羡渔

这里不错。是，音乐也好。Beatles（甲壳虫乐队）……没关系，我就是觉得这样很好。

EMI 出过一张纪念专辑，就叫《黄色潜水艇》(*Yellow Submarine*)。嗯，Mario Kiyo，好像是唱 *Hey, Jude*。对，还有崔健。

列侬也死了这么多年了。列侬死了，是可以接受的事实，就像可以接受麦卡特尼去做爱心大使。

谢谢。茶不错。我有那张列侬拈花一笑的明信片。发行量很少，真的，现在应该叫限量版。昏黄的调子，一枝玫瑰，列侬笑了。"拈花一笑"是个主题，嗯。没有人告诉我，是我自己发现的，你看，Elton John 也拈过，Bob Dylan 也拈。王尔德也拈过，不过他拈的是一枝很大个的向日葵，王尔德大约总是不流俗的。

你问我么，我也不知道。可能会是一种蕨类植物罢，花小一些没有关系，但叶子要大些。对，这样就比较好，最好叶片也厚实些，拈着心里会比较踏实。我不知道，可能会产在非洲的雨林罢。雨林不产么，哦，对不起，我对这些没太多概念。但是我喜欢雨林。湿漉漉的，有段时间是湿漉漉的，叫黄梅季节。哦，我家不住在城南。

家乡菜平实了些。我喜欢吃猪手，我觉得叫猪蹄其实更开胃。对，我很喜欢吃，"发菜猪手"现在有了新名字，叫作"穿过你的黑发我的手"。德国那种是搭配白蘑汤的。对，用黑椒。很大，吃完了有成就感。要是你一天什么也没有干，我建议你去吃一只猪手，这样你会觉得一天总算做了一件事。

我也想过。一部电影，是个应该叫艺术探索片的电影罢。一个叫 Takki C.Y. 的美国导演。是，华裔。记得男主人公总是说："我心里有个小世界，没有人懂得，我自己也是。我要找个人，去读懂它，然后和这个人一起度过余生。"我当时想，小世界如果说出来，就太大了。嗯，是，你说的那个人是 David Lodge。不，不相干的，那个是讲英国学术腐败的事情。呵呵，我的口气一本正经了。嗯，我受的教育有些特别。没有，我干吗要拷问自己的灵魂，我用这一半思考时，

告解书 227

那一半是不存在的。

让我用一个比喻形容爱？呵呵，别致的问题。嗯，你穿过翻毛的大头皮鞋么，我想爱就应该毛茸茸地包裹着你罢。有时你会感到太焐脚，可外面总是很冷的，你又会穿上它。我不能肯定。你知道巴雷什尼科夫，他有一双鞋，穿了二十多年。不过话说回来，俄国的东西总是耐用些。外公有个很大的剃须刀，现在还能用。是，很响，像割草机。

别问我罢，我不知道的。也许作为一个人，我太不实用了。作为情人也不见得好。

是啊，我不是没有进入到现实的愿望，总是要生存的。可是，现实对于我，就像个大水珠，有张力的，你明白么。张力把我挡在外面，如果硬是挤进去了，就溺死在里面了。我说的，是蚂蚁。我小时候以很多不同的方式杀了许多蚂蚁。谁知道呢，我养过两只乌龟，叫大福、二贵，我对它们很好。它们只吃虾米。

不用客气，我自己来。你对这个话题感兴趣么，我还养过一只蝾螈，叫卡卡。哦，你是指这个，杀害。我明白你的意思。谁都会有些黑暗的东西，这好像在为自己开脱了。你听过Doors的一首歌么，是一个弑父恋母的故事。喜欢，不过，那太张扬了，内敛些的。譬如？让我想想……是野村芳太郎罢,简单又沉静,罪而美的调子。哦,你的意思是,那些人动辄拿弗洛伊德说事儿。呵,你说福柯,好些罢,好在多些以身试法的勇气。哦,你是说那一篇?是的,很短。哦,你带来了。你希望我来念么,好的。录音?不必了罢。你已经打开了?不是需要声情并茂的文字。

  π在午夜接到一个电话,对方问:"杀了一个人之后怎么办?"
  π想了一阵,说:如果是我,会这样。
我会将他肢解
之后放进一只皇冠牌的密码箱
我会去一趟西藏
那里有许多天葬台
也有许多长着翅膀的天使在静静地守候
当最后一只白额鹰在天空中
盘旋了一周
落在了我的肩上
我会为它擦净喙上的血迹
然后
转身离去

π 说完这些，听到电话里只剩下忙音。

第二天下午，π 去了购物中心。

他要出差，他需要一只皇冠牌的密码箱。

导购小姐告诉他，所有的密码箱在今天上午全部卖完了，包括皇冠牌的。

真的一只也没有了吗，他问。

小姐抱歉地笑了，真的……其实还有一只，但我要留给自己，因为最近，我要去一次……西藏。

什么，恐怖的诗，这倒是个有趣的提法。不过，现在看来，应该幼稚得很吧。

你指的是——冷漠，是么。你看过那个叫《一江春水向东流》的片子么。是，老片子。她已经不恨了，她只是想冷漠，但是，她连冷漠的权力也没有。没有，他们谈不上幸福不幸福。父亲是个很单纯的人，对谁好都是实心实意的好。母亲呢，总想保护家里所有的人。爱罢。可是什么叫爱呢，我无所谓。是的，完全没有了，是一种自我防御系统的失控状态。我如果失望了，就是彻底的失望。没有什么好不好，我自己也不知道。

嗯，喝口茶罢，要凉了。

对不起，我有些走神了。你，刚才说什么。

哦，还要录另一个么。快去吧。不客气，该是我谢谢你，这里的猫舌饼做得——很地道。

Chapter 4　路小鹭

你说的，是这一段么，要读出来？往事？你可没说要读出来。嗨，你懂得什么叫大音希声吗？

那好吧，既然你坚持。

初中时候，物理老师有个变态的习气。就是发给他们一个所谓的"默写本"，每堂课之前，默写物理概念若干。这本是毫无新意的创举，但是，自然科学家在物理领域的探索成果显然没有达到用之不竭的程度。于是，各种概念经不起反复折腾，终于沦为考验记忆的无聊手段。在同一本默写本上第四次出现"比热"的时候，他终于忍无可忍。在"比热"一词后面写道：请见前二十八页。

他始终是个不怎么合常规的人。九七年直播香港回归的时候，他在宿舍里看铁伊的侦探小说；世界杯万人空巷，他跑到街上去打电动。他是个对凑热闹深恶痛绝的人。这是个矫情的习惯，但是在他，却是自然的事。

所谓剑走偏锋。

他好像也总和人生隔着。不是他在过人生，而是人生驱着他走。不是水乳交融，却又不是两不相关。不清不楚，脱离不开干系。

那年的世界杯。苏格兰对巴拉圭一场他看了，在游戏机厅里看，手里仍然没闲着。开场两分钟，贝克汉姆一个任意球，巴拉圭队员一头蹭到自己门里去了。接下来，屏幕上总是出现英格兰对巴拉圭1：0的字样。但下面的小字，写着进球队员是巴拉圭4号。他想，这个4号死的心都有了。接下来一分钟，守门员也受伤下了场。他想，这真是球如人生。身高两米零三的Crouch，违反自然定律似的，一点都没有大型动物的蠢笨。还和人比脚下的小球。带球过人，技术细腻。解说员嘴碎地说："哟，大个子也会绣花……"这场比赛的观赏性，莫过于此。

他记得。某天，那个女孩，手里夹着一支烟，说，欧文爬出了世界杯。

为了这句惊艳的话，他谈了一场恋爱。

每个恋爱的人,都读诗。他坐在抽水马桶上,对她说,暴雨,就是声与光的一场大邂逅。

女孩将空掉的指甲油瓶子,扔到他脸上。你们这些男人。叫女人自相残杀。然后她开始笑,笑得很瘆人。

她手里扬着一张报纸,头条是关于日本女性专用火车卡。为了防止风化的举措,出其不意暴露出年龄歧视。在成见里,只有年轻女性才会常被非礼,这节火车卡成为学生或白领丽人的专用车厢。如果中年妇女进入,会引起年轻乘客的嘲笑。

他们做爱,电视里在播新闻。"朝鲜试射导弹败,周边国家齐谴责"。他支起耳朵,说,这个标题怎么好像打油诗。

朝鲜酝酿多时的试射导弹行动终于在昨日凌晨实行,在数个小时内连续发射六枚中、短程及洲际导弹,在周边国家表示哗然及谴责之际,朝鲜又多射一枚导弹,全部导弹都因发射失败而坠海,全球股市受消息影响而普遍下跌。

他在她身上不动了。然后起身,穿衣。将电视关上,点起一根烟。

她问他,你怎么了?

他说,在这个时候说什么试射失败。太煞风景。

她又开始笑,没心没肺。

而这次，他并没有失败。她怀孕了。

她说，要不要生下来。

他说，没所谓。但是你必须要想清楚。我可能会在某个上午消失不见。

她笑。她说，我会将他养大成人，向他灌输仇恨。然后去找你。那时候你落魄地躺在垃圾堆里，然后看到衣着光鲜的他。他向你伸出手，说，爸爸，我们又见面了。

他说，太韩风。剧情应该在你这里改写。我只不过是个风流的杀手。而你的丈夫为你买了一份高额保险。并且雇用了我。你起居正常，无懈可击。为了杀你，我愁肠百转。这时你的丈夫给我了提示，因为你对盘尼西林过敏。于是，我辗转成了你的情夫。在一次有预谋的服药后，我与你做爱。没有用安全套。你说，你要为我生一个孩子。药物随我的体液成功地进入你的血液循环……

好了。她笑着打断了他。你怎么会有这么邪恶的想法？

他说，你看的电影太少。想象力也不够丰富。

她说，留不得了。明天陪我去医院。

他坐在小诊所的妇科门口，手里捧着 PS 2。夕阳西斜。一个面相老成的男人向他侧目。然后说，小兄弟，你才多大。就搞出人命来了。

他笑一笑。说，其实，我有预感，搞得好的话，是两条人命，应该是对双胞胎。

她没能再出来。因为对流产麻醉剂药物过敏。

多年以后，他偶尔会想起曾经说过的那个不祥的故事。这个故事和她进入手术室前给他的微笑嫁接在一起。

她很瘦，手术服在身上，好像一只浅蓝色的灯笼。

喂，我念完了。

你怎么不说话。这故事有点不靠谱。其实，你录这些，做什么用。不如去录鸟叫。你知道吗，我前阵子看到有个人站在什科湖，站了一整天，录风从湖面吹过的声音。你录这些，太没个性了。

喂，你怎么不说话。

德律风

她

我再也没有等到他的电话。大约每次铃声响起的时候,我都会心里动一动。终于动得麻木了,只是例行公事地跳一跳了。

他

我很想,当我走出来的时候,那些人看着我。我突然喊起来,我想再打一个电话,可是,没有人理我。那个攥住我手的警察，很同情地看了我一眼，然后说：够了。

当我来到这座城市的时候，天气很好。

天已经很暗了，但四处还都亮着。城里人，到这时候，就精神了。我倒困得很，村里的人都睡了吧。俺娘还有俺妹，该都睡过去了。俺听人说，有个东西，叫时差。就是你到了一个地方，人家都醒着，你只想睡。俺该不是就中了时差了吧。

都这么晚了，城里人都走得飞快。操，都被人攮屁股了。我就坐下来。水泥台阶瓦凉的，又没凉透实，不如咱家门口的青石条门坎凉得爽利。

这么多的腿，在眼前晃来晃去地走，俺有点儿头晕。就往远处看，远处有五颜六色的灯，有的灯在动，在楼上一层层地赶着爬。那楼真高，比俺们村长的小三层都气派。可是，那楼能住人吗？这么高，怎么觉得悬乎乎的。二大家的大瓦房，都夯了这么深的地基。看不到顶的楼，得咋弄，得把地球打通了吧。乡里的地理老师说，我们是在北半球，那打通了，就到南半球去了。南半球是啥地方，是南极吗？我读到小四，记得语文有一课讲南极，什么南极勇士。

我坐得屁股麻了，站起来。城市真是跟过节一样，到处都是热闹劲儿。迎脸的楼上，安了一个大电视。电视上的小轿车跟真的一样，直冲着开过来，吓了俺一跳。车上的人一笑，一嘴的大白牙，都跟拳头这么大，怪瘆人的，哈。李艳姐嫁到镇上去，跟俺们说他家有个大电视。比起这个来，可算个啥？

她

我从窗口望出去，能看见对面的楼。那楼这样高，成心要看不起我们住的地方。楼上刷了一面墙的广告，广告上的外国女人，也高大得像神一样，成心要看不起我们的。欢姐说，她身上的内衣，要两千多一套呢。就这么巴掌大的布，什么也遮不住，两千多一套，要我接多少个电话才够。她那样大的乳房，挺挺的，也是霸气的，配得上那身鲜红的内衣了。

小时候，听七姥说过镇上姐妹的事。七姥还住在镇西的姑婆屋里，像是祠堂里的神。七姥的头发都掉光了，姑婆髻只剩下了个小鬏鬏。她说她自梳那年，天大旱，潭里的鱼都翻了眼。可就是那年，翠姑婆犯下了事。七姥眯着眼睛，对我们说，那个不要脸的，衣服给扒下来，都没戴这个。七姥在自己干瘪的胸前比一比。我还能记得她浑浊的眼突然闪了

德律风

光。七姥说，真是一对好奶。翠姑婆给浸了猪笼，是因为和下午公好。翠姑婆沉下了龙沼潭，下午公不等人绑，一个猛子扎下去。谁都不去追。半晌，远远看见他托着猪笼冒了一下头，再也不见了。后来，听人说，在江西看到了下午公，给人拉了壮丁。翠姑婆也有人见过，说是掂了一个钵，在路上当了乞婆。也有人讲她和一个伙夫一起，开了个门面卖她自己。七姥每次说到临了，就对一个看不见的方向，啐一口，说，你们看，一个填炮灰，一个人不人鬼不鬼，都不如在潭里死了干净。所以，人的命，都是天注定，拗不过的。五娘进来，拧了她的女儿小荷的耳朵往外走，一面说，你个老迷信，破四旧少给你苦头吃了？又在这毒害下一代。小荷跟五娘挣扎着走远了。七姥闭了眼睛，深深叹一口气。现在想想，觉得七姥说的，其实是有一点儿对的。

七姥说，女人远走，贱如走狗。没有人信这个邪。镇上的女仔都走了，走了就不回来。就算活得像狗，也不回去。

一算，我也出来四年了。

四年有多长。对面楼过道里的消防栓，两年前都是新的，这也都锈得不成样子了。锈了，到去年底大火的时候派不上用场。亲眼见一个姑娘从楼上跳下来，摔断了腿。说起来也真是阴功。我们老板娘说，那家娱乐城早晚要出事，别以为上面有人罩着，风水不好。

他

醒过来，脖梗子疼得不行。身上还盖着一块塑料布。不知啥时候睡过去的。俺想起来，赶紧摸了摸下裆。还好，东西都还在。昨天夜里头，走着走着，突然下起了鸡毛雨。越下越大。我看到跟前的大楼挺亮敞，楼门口还有个大屋檐子。就跑过去，挨墙根蹲下来。谁知道个女的走出来，手里拎着个笤帚，笤帚把在水泥地上顿了顿，撵我走。她用电影话说，快走快走，好好的一个城市，市容都让你们这些人搞坏掉了。哦，俺们那就管这叫电影话。放映队到俺们村里放电影，里头人都说这样的话。其实就叫个普通话，俺们说惯了。我没办法，就又跑出去。跑到另一个楼，是盖了一半的。脚手架都拆掉了。俺后来知道，这叫烂尾楼。走进去，里面还有几个人。有个大爷坐在一摞纸皮箱上，正在点烟抽。看见我，顺手递过来一根。我说我不会。他说，男人哪有不抽烟的。就给我点上。我接过来，抽了一口，使劲地咳嗽。他哈哈大笑起来。隔了半晌，他在地上铺了层报纸，又打开一摞铺盖，说，今天这雨是小不了了。又看我一眼，扔过来一件破汗衫和裤衩，说，年轻人，穿湿衣服过夜可容易着凉。这城里看回病，金贵着呢。我笑一笑，接过来，又想起，衣服和裤裆里有俺娘缝的钱。就还给他，把衣服紧一紧。他也笑一笑，说，乡下人。

娘说，男儿金钱蛇七寸，得使在刀刃上花。这大清早，不知怎么转进了条巷子。一路都是卖早点的，油饼味，那叫个馋人。我在个包子铺门口，咽一下口水。门口的小黑板上有字，一个肉包子三毛钱。我一想，这得俺娘卖多少酸枣才管够。心一横，转身就走。这一转，胳膊打在一团软软的东西上。我一回神，看见双眼睛要把我吃下去。是个高个子的小女人，模样不错，头上满是卷发筒子。她一只手端着几根油条，一只手揉着胸口，冲我吼起来，要死喇，臭流氓。说完眼一瞪，说，挨千刀。就走了，边走屁股还边扭，扭得花睡衣都起了褶子。旁边卖油条的翘起兰花指，捏着嗓子学一句，挨千刀。然后冲我做一个鬼脸，说，小老乡，你是占到便宜了。我哼一下，心想，小娘们儿。说话这么毒，送给我我都不要。可这么想着，胳膊肘却有点儿酥麻酥麻的。

转悠了大半个上午，日头猛起来。一阵阵的汗出，也是心里饿得慌了。俺大了胆子，走进一间铺子。一进去，几个年轻人就弯下腰，对我说，欢迎光临。也用的电影话。这些年轻人都戴着围裙,旁边是个小丑样的外国男人,长着通红的鼻子。我轻轻问一个年轻人,这儿有活干么?

这年轻人皱一皱眉头,向街对过努一努嘴。这时候一个顾客走进来,他便立即又换了一副笑脸。

我迎着太阳光望过去,街对过的路牙子上,有站有蹲了一群人。有男有女。脸色都不大好。一个高个儿剔着牙,脚跟前支着块三合板,用粉笔写着两个斗大的字——"瓦工"。一个胖女人半倚在一辆自行车上,车头上挂着个牌子,写着"资深保姆"。我就明白了,他们都是找工作的,等着人来挑。我也就瞅个空儿站进去。还没站稳,身旁一个紫脸膛的男人就撞了我一下,恶狠狠地说,没规矩。我一个趔趄,不小心踩到他跟前的白纸上,"全能装修"四个字用红漆写得血淋淋的,也是凶神恶煞相。他冲我挥一挥拳头,刚才的胖女人赶紧把我拉过去,让我站到她旁边。一边叹口气,说,小伙子,你也别怪他。谁也难,各有各的地盘。他早上五点钟就站这,都站了有三四天了。我说,婶儿,城里工作难找么?她就说,难,也不难。难是个命,不难是个运。

这儿在市口里,来来往往的人多得很。停下来的人倒很少。偶尔有停下来的,就看得很仔细,在我们跟前晃荡来逛荡去。眼光在我们身上走,毒得很,好像在挑牲口。紫脸膛见人来了,就举着白纸迎上去。倒把人家吓了一跳。又站了

德律风

两三个钟头，就觉得脚底下有点儿软。这时候走来了个戴墨镜的男人，头发梳得油光水滑，看上去就是个大老板。大家都来了精气神儿，原先蹲着坐着的，这下全站了起来。我也暗中挺一挺胸。男人眼睛在人堆儿里扫了一遍，向我走了过来。他突然一出手，在我胸脯上捣了一拳。我晃一晃站住了。我看见他嘴角扬了扬，然后问我，会打架么？我心想，哪个乡下孩子小时候少过摔打。就使劲点了点头。他将墨镜取下来，我看见一张有棱有角的脸，眼角上有浅浅一道疤痕。我听见他说，就你了。

他说，叫我志哥。

我跟着志哥走进一座金碧辉煌的大房子，跟宫殿似的。一进去就是炸耳朵的音乐，一群男男女女在一块儿乱蹦跶。

一个男的，说是行政经理，拿了套衣服给我。每个月两百块，包吃住。

我穿上了，志哥"嘿"地乐了，说小伙子穿上还挺精神，真是人靠衣装。我看了看窗玻璃里头，是个挺挺的年轻人。好像个警员，怪威风的。就这么着，我这就是亚马逊娱乐城的保安了。

她

  对面的娱乐城吵吵嚷嚷的。每到这个时候，他们就活过来了。那霓虹的招牌，到晚上才亮起。白天灰蒙蒙的，夜里就活过来，是一男一女两个人形，随着音乐扭动，那姿势也是让人脸红心热的。底下呢，停的一溜都是好车。人家的生意好，钱赚在了明处。欢姐眼红，说这群北佬，到南方来抢生意，真是一抢一个准。说完就"呸呸呸"，说一群死仆街，做男人生意，还做女人生意，良心衰成了烂泥。姐妹们背里就暗笑。谁也知道，她去找过亚马逊的老板，想让人家把我们的声讯台买下来，说，现在娱乐业并购是大势所趋，互惠双赢。还举人家美国拉斯维加斯的例子，说要搞什么托拉斯。人家老板就笑了，说买下来也成，那我得连你一起买下来。欢姐是个心劲儿高的人，这两年虽然下了气，这点骨头还是有的，就恨恨地掀了人家的桌子。后来很多人都说，去年底亚马逊那把火是欢姐找人放的。不过，这话没有人敢明着说，我们就更不敢说。

  隔壁又吵起来了，左不过又是因为小芸练普通话的事。这孩子，为了一口陕北腔可吃尽了苦头。有客打进电话来，没聊几句，听到她说得别扭，就把电话给挂了。上个月的业务定额没达标,叫欢姐训惨了。别人的普通话也不标准,像自贡来的妞妞,连平翘舌都分不清楚。可是人家说话,带着股媚劲儿。说着说着,一句嗲声嗲气的"啥子么"先让客人的骨头酥了一半。小芸是个要强的孩子,寻了空就在宿舍里练普通话。跟着磁带练。练得忘了情,声音就大了,吵了别人。做我们声讯台的,每天都是争分夺秒地睡一会儿。我是上夜班多。有个客打电话来,说,你是个蝙蝠女。我就问他,怎么个说法呢。他就说,因为昼伏夜出。我就笑了。这人说话文文绉绉的,我不大喜欢。可是,蝙蝠女,这个称呼挺好听的。

隔壁吵嘴的声音停了,换了小声的抽泣。我叹了一口气。

黐线。听见有人轻轻哼一声,掀开门帘走了出来。是阿丽。阿丽是佛山人,和我是大老乡。她在我们这里是出风头的人,工分提成最高,是业务状元。姐妹们都看她不上。她倒是会和我说上几句体己话,说自己是心比天高,身为下贱。贱不贱不知道,可是她真是红。来了几个月,把姐妹们的"线友"生生都抢光了。

底下有男人的叫喊声。我看过去,是亚马逊的保安队在操练。这些年轻汉子,白天碰到他们也是无神打采的,到了晚上就龙精虎猛了。其实都是长得很精神的男仔，但脸上都带了些凶相。人一凶，就不好看了。可是，他们老板的对头太多。不凶，又要养他们做什么。看他们列队，走步，走得不好的罚做俯卧撑，就好像每天的风景。可是今天，好像有些乱。我看清楚了，是因为有一个瘦高的男孩子，步子走得太怯，走着走着就顺拐了。他脸上也是怯怯的，没有凶相，是新来的吧。那个胖男人，走过去，用皮带在他胳膊上使劲抽了一下。他一抖，我心里也紧了一下。队长吹了哨子，男人们都走了，就剩下这个孩子。一个人趴在地上做俯卧撑。我就帮他数着，一下，两下，三下。他一点儿也没有偷懒，每一次都深深地趴下去，再使劲地撑起来。

他

俺不知道为什么要打那个电话，兴许是心里难受吧。

俺真不中用。这身上的皮带印子也不长记性。一个人在这儿，心里躁得慌。

这才一个来月，就惹了祸。

俺不知道自己那一拳头是怎么打出去的。那几个客人欺负女孩子。俺不是看不过眼，可就是拳头不听了使唤。我把

德律风　249

他的鼻子打出了血。老板让我滚，说看不出你平时这么尿，这会儿倒英雄救美来了。你来了这才几天。你知道你打的是谁，国税局局长的公子。把你整个斩碎了称了卖抵不过他一根汗毛。

老板让我滚。志哥说，这孩子刚来，不懂规矩，又没个眼力见儿。我看，先别让他干保安了。罚他晚上去监控房看场子吧，平时跟哥儿几个多学着点儿。

老板说，让他滚。

志哥就笑了，说老板您消消气。我看这孩子挺单纯，兴许以后有用。前面找来那几个，那邪兴劲儿，您吃得消？

老板就挥挥手，又叹口气说，路志远你就是妇人之仁，别怪我没提醒你。你自己看着办吧。

志哥说，以后放机灵点儿，这些人都是爷。权和钱都是爷。爷说话，不对也对。你，对也不对。

监控房，是娱乐城楼上的一个小房间。小是小，整个娱乐城倒瞅得清清楚楚。一字排开一排小电视，志哥说，这叫监视器。然后就教我怎么用。最左边的是两架电梯，然后是经理室后面的楼梯间，财会室走廊，大包厢。我看见酒吧间里几个人影，好像喝高了，动手动脚的。就问，监视谁，捣乱场子的吗？志哥笑笑，说，对。不过，打紧的倒不是他们，是条子。他指指中间的两台，说，这是前后门五十米的地方，发现了可疑的人，就按这个红键，每个包厢的灯就亮起来了。最近风声紧，给他们突袭好几次了。

我使劲地点点头，觉得自己的责任还挺重大的。

一个人待在房间里，才闻见有股子怪重的烟味。监控房原来是个叫小三的人看的，小三去老板新开的桑拿做了。后来又有人说，他搞上了个不该搞的女人，给人斩了。

余下的几天，我就天天盯着监视器，盯得眼睛都痛了。可是，一个星期过去了，似乎也没发生什么事。屏幕里的人，无非是些男男女女，女女男男。偶然看到点儿小纠纷，我还没看清楚，保安就出来摆平了。

我有点闷了。

房间里头乱糟糟的，我就想，我来拾掇拾掇吧。

这儿到处是小三留下来的东西。半碗泡面，里头还泡了几个烟头。抽屉里有一沓影碟，一包开了口的炒南瓜子。空调线挂着个裤衩，上面印了个女人的口红印子。

我洗洗擦擦，又找来拖把，把里外的地也拖了一遍。一个多钟头儿，收拾得也都差不了。

还有一堆杂志跟报纸，都在墙角摞着。我叠成一沓，绑起来，归置归置想扔到门外头去。又一想，就给拆开了。闷也是闷着,不如看看打发时间。

都是过期老久的报纸,上面沾了一层灰。翻开来,是前年初日本地震的事。日本神户东南的兵库县淡路岛,七点二级。应该是挺大的灾祸吧,得有多少人遭殃呢。这张说的,是邓丽君去世的事。邓丽君是谁呢,我就读下去。原来是这么大的一个歌星。还有张照片,多好看的人哦,大大方方的。才四十二岁,可惜了。我就这么一路翻着,看不懂的就跳过去。广告也不看。广告可真多,这页又是广告。有一排红色的数字跳出来,是个电话号码。底下有一行字:"挑逗你的听觉,燃烧你的欲望,满丽声讯满足你。"旁边有个女人的上半身照片,穿得这么少。我脸红了一下,心也跳了一下。我望一望手边的电话机,愣了一会儿神。我慢慢地按下那个电话号码。通了,我一愣神,拿着听筒。突然响起了一个女人的声音:您好,满丽热线。

她

接到这个电话的时候,我正在犯困。

值夜班是痛苦的事。凌晨的时候,电话响起来,听起来特别瘆人,我们就叫"午夜凶铃"。可是"凶铃"往往也是意外的收获，这时候打电话来，要不就是很无聊的人，要不就是失眠的人。所以，往往和你聊起来没完没了，不可收拾。想想每一分钟都是钱，精神也就打起来了。

电话那头没有声音。

我连说了几个"你好"，还是空洞洞的。这时候，突然听到了粗重的喘息声。

我笑笑，心里有些鄙夷。这种男人，我可见多了。

我说，你好。

对面这时候有了响动，也说，你好。

声音似乎很年轻，有点发怯。

我说，这位朋友，欢迎拨打满丽热线。很高兴您打电话来和我聊天，我是093号话务员。

他的声音壮了一些：你们，都管聊啥？

什么都聊，聊感情、事业……生活，只要是您感兴趣的，我们都可以聊。

啥生活？

隔壁的阿丽发出了轻微的呻吟声，这是她的杀手锏。想到这个月的定额还差一大截，我咬咬牙，说：性生活。

那边没声音了。过了几秒钟，结巴着说，还有旁的么？

我在心里冷笑一声：小朋友，家长不在家偷着打来的吧。快挂了吧，明天还要上学。

德律风

那头愣一愣，问，啥？

我有些不耐烦，不过还是很温柔地问，你满十八岁了么？

这回，他倒是回答得很快，好像有些不服气，俺十九啦。

我决定和他多聊几句，你有女朋友么？

他犹豫了一下，说，你是说对象吗？我原来有一个。后来她嫁人了。

我心里飞快地过了一下，这是个俗套故事的开始，用我们的术语来说，有一定的业务潜力。

说起我们的业务，算是包罗万象。职业敏感度都是锻炼出来的。欢姐说，打给我们电话的，不是心理有问题，就是生理有问题，再不济的就是都有问题。所以，我们手边也摆着那么几本业务书。头疼医头，脚痛医脚。台面上是《心灵热线》《心理咨询大全》，平常翻着充充电，再来不及就照本宣科。最好用的是《知音》杂志，不动声色地读上个一两篇，半个小时的话费就赚到了。碰上装深沉的，就用弗洛伊德砸他。说几句我们自己也不懂的云山雾罩，电话那头很快也就晕了。不过这半年，抽屉里多了些"培训材料""激情宝典"之类，以备不时之需。

好吧，那就留住他，多跟他聊一会儿。我就用很诚恳的语气说，是怎么回事，能和姐姐说说么？

　　他轻轻地"嗯"了一声，说，俺们两家是邻居，我跟她是小学同学。她叫林淑梅，小名叫丫头。丫头从小就长得好看，像个城里人，全村人都稀罕她。可是她说她就喜欢我。他们家承包了乡里的果园，比俺家有钱。她说钱可以慢慢挣，人厚道最重要。俺家穷，家里要劳动力，俺爹死第二年，学就没上下去了。不过我跟丫头说好了，她高中毕业，就娶她过门。可她爹把她许给了村里马书记的儿子。俺们就分开了。

　　我有些犯困，忍下了一个呵欠。这是个女版陈世美的故事，我能编出一箩筐。不过为了保护他的积极性，我还是问，后来呢？

　　电话那头是长久的沉默。在我准备打发他挂电话的时候，他的声音传过来：后来她离婚了。

　　他说，村里人说，她过门后不能生，他男人就嫌她，老打她。后来她男人到外面做生意，带回来一个女人，大了肚子的。就要和她离婚。在俺乡里，女人要做不要脸的事才离婚。可是，她男人要跟她离。她不愿意离。他男人就不着家了，说不离就不回来。后来还是离了。俺就跟俺娘说，俺要娶她。俺娘就掩俺的嘴，说俺是单传，娶回来了不生蛋的，

德律风　　255

就是头凤凰又管啥用。

我听了有些气,就说,你娘这叫干涉你的婚姻自主。

他说,俺娘不容易,一个人拉扯两个孩子。俺们老丁家,香火本来就不旺。俺出来打工,就是为了挣钱。俺听说,城里有办法医不生孩子的病。等俺挣够了钱,要带丫头来看病。其实,俺不想出来,俺想俺娘和俺妹子。俺娘说,出来了,就要出息,体体面面地回来。到时候,俺就把丫头娶回来。

我在心里叹了一口气。这些年轻人到这里来,心里多少都有个梦,可大可小。我也是其中一个。这时候,我听见很压抑的声音,从电话那头传过来。当我听出来,这是哭声的时候,也有些慌了神。

我说,你,还好吧。

他似乎鼻子嗡了一声,说,俺,就是觉得自个儿太没用。出来都一个多月了,什么也没干成。

我说,你才十九岁,路还长着呢。

他说,姐姐,你有喜欢的人么。

我说,你倒是问起我来了。有吧,我一把年纪了,你说我有没有。

他说,他会娶你么?

他问得很认真,我暗暗地笑了一下,同时心里却一凛。为什么这句话,我现在听来好像笑话一样。突然间,我想起了翠姑婆。

我说，他该娶别人了吧。恐怕孩子现在都有了。不过，不是他不要我，是我不要他的。我嫁给了他，估计这辈子就出不来了。现在的年轻人，谁不想出来看看。你是个北方人吧。你出来的时间太短，再过一阵子，你就只想以后的事，不想以前的事了。

这时候，我听到那头乱糟糟的，我听见那男孩匆匆喊了声"姐"，电话就断掉了。

他

我远远地听到李队的声音，有些慌。李队一推门就进来了。

这胖子又喝得醉醺醺的。我不喜欢他，以前训练的时候，他老用皮带抽我。现在这家伙拎着一瓶啤酒，闯进来。膝盖头碰在凳子上，"哎哟"了一声。

他把酒瓶掼在桌子上，抬头看一眼，说，小子，拾掇得不错，换了新岗位了。我以前总来这儿找小三喝酒，现在叫个故地重游。变样了，认不出了。他从腰里拿出一个纸杯，倒了半杯。又打开个纸包,里头是花生开心果,不知道从哪个客桌子上搜罗来的。他把纸杯塞到我手里,说,喝。我挡了一下,他眼睛一瞪,说,妈的,老子叫你喝。这苦日子要没有酒,可就更苦了。

我就喝了。我不喜欢喝啤酒。酒不酒水不水,一股子怪味。

他眯了眼睛看了看我,说,你小子,有点正义感。我欣赏。可我要提点你一句,别跟错了人。

我说,李队,你醉了。

他哼了一下,说,我醉,我心里明镜着哪。那个路志远,你知道他是个什么人,别以为他替你说了几句好话,以后就对他死心塌地。

我这儿,谁的黑底也有。他什么人,当年也就是个"鸭头"。哦,我不说你哪懂呢?什么叫"鸭",就是专跟女人睡觉捞钱的货色。也就靠那档里的二两本钱。如今好,变成公司的股东了。老板都看三分面子,风水轮流转嘛。

李队赤红了脸,眼神突然定了,然后趴到桌上吐起来。这下喷得到处都是。我一阵反胃,把头扭到一边去。突然,我僵住了,一把将他推开,举着溅满了脏东西的报纸冲出去。我把报纸放在水龙头底下小心翼翼地冲。看见那个微笑的女人渐渐干净了，这才松了一口气。

  我把报纸贴在窗玻璃上，又把电扇调过头，对着报纸使劲地吹。风过来了，报纸也就动了起来。女人的身体好像在轻轻地摆动，很好看。只是电话号码的地方已经破了一个洞，不过不打紧，我已经记下来了。

  我躺在床上，心里有一种很奇怪的舒坦。月光透过了报纸，毛绒绒地照进来。我笑了一下，睡过去了。

  又到了晚上，我照着志哥教我的，把昨天的录像带回放一遍，在笔记本上记下了几个VIP的出入记录、消费时间、叫台号。志哥说，这几个人，都是老板的老交情了。有做生意的，也有当官的。老板为这些人都立了一本账，为他们好，也为我们好。

  做完这些，我拿出白天买的信纸，给俺妹写信。这是头一回给家里人写信。本来想得挺好的，该写点什么。可是，手却不听使唤。写了几个字，就有一个字不会写。俺心里就有点恼。这样花了一个半小时，才算写满了一页纸。我装进了信封，可没有妹乡里中学的地址。我想一想，就写了村里小学校的地址。

德律风

客人差不多都散了。我抬起头,看见窗户上的报纸已经要干了。我轻轻取下来,用剪刀把那个广告裁下来,夹进笔记本里。

我又拨了那个电话。通了,电话里传出一个女人的声音,对我说,您好,满丽热线。

我说,我不找你。

电话那头愣一愣,说,那你找谁。

我说,我找093号话务员姐姐。

女人干笑了一下,好像对远处喊,阿琼,有个情弟弟要找你。接线。

电话传来音乐的声音,很好听。然后我听见有人轻轻地"喂"了一声。

我说,姐,我知道你叫阿琼。俺叫丁小满。就是你们热线的那个"满"。

我听到她发出很小的笑声,说,我没有问你叫什么。

我说,因为俺是"小满"那天生的。村里的陈老师就给我起了这个名字。

她说,哦,你是昨天打电话来的小弟吧。昨天电话断了。

我有些高兴,想她还记得我。就说,是啊。

她说,你的名字不错,俗中带雅。你这个陈老师,是个有学问的人。

我说，陈老师是俺村里最有学问的老师，可是……命也苦。

我听到她轻轻地叹一口气，没有说话。

我说，俺村里对陈老师不好。我听俺娘说，陈老师老早就到俺村来了。俺村来了好多城里人，那时候叫个知青下放，是毛主席叫他们来了。叫他们在俺村里扎根。后来，陈老师就和大秀她妈结婚了。再后来，其他知青都回城去了。陈老师没有走，大秀妈让他走，他也不走。俺村里的孩子，都是陈老师教出来的。俺是，俺妹也是。俺妹今年要初中毕业了，书念得好。陈老师说，考好了就去县里念高中去。俺家就算有个女秀才了。可是，陈老师在小学校，到现在还是个民办教师。俺娘说，民办低人一等。村长家的小五是陈老师的学生，初中毕业回来教书，现在都是正式教师了，吃公粮的。陈老师还是个民办。

我突然有些说不下去，说这些给琼姐听，心里一阵难受。俺出来的时候，听村里人说，陈老师得了不能治的病，叫肝癌。我去小学校看他，说是已经给送到县医院去了。村里人都说，陈老师是累的。我就想起小时候上学，村里的河水没膝盖深。陈老师守在村口，把俺们一个一个背过河去。俺学上不下去第三年，俺家也没钱供俺妹了。也是陈老师给俺妹垫了学费，读完了小学。

这时候，我听见阿琼说，很多有本事的人，命都不大好。我们广东有个康有为，是个很有本事的人。就是太有本事，后来连家都回不了。

我说，他也是出来打工的吗？

阿琼笑了，说，不是，他是个革命家。他具体做过些什么，我也不清楚。这些都是读书时候，历史老师说的，早忘了。我们广东，出了不少革命家。孙中山你知道吗？也是我们广东人。

我脸上有些发烧，因为她说的这些人名字，我都不知道。我的文化水平太低了。

我就说，姐，你们家乡真好，都是出名的人。

阿琼说，我们广东出名人，我自己家乡倒也没出什么人。要说顺德有名的，一个是电饭煲，三角牌，全国驰名。你看武打片么，就是那个演陈真的梁小龙做广告的。还有一个是老姑婆。就是一世不结婚的女人。这个叫"自梳"，有历史，几百年了。

我心想，在俺村里，女子上了十五，媒人不上门，爹妈都急得团团转了。哪还有说敢不结婚的人呢。这两年婚姻法普及了，姑娘们当娘的日子，才缓了一缓。

我说，姐，当真不结婚么？没人管？

阿琼想一想，说，管不了吧。女人自食其力，有了钱，谁也管不了。我们那的自梳女，犀利的孤身一人就下南洋去了，比男人豪气。我来这儿前两年，我们镇上来了一群外国人，做什么研究课题，还去采访我们镇上的七姥。说我们顺德，是亚洲的女性主义萌发地。

我不知道啥是女性主义，但想一想，心里不是个滋味，就说，女人没个婆家，老了都没有个靠。很可怜。

那边咯咯咯地笑起来。笑过了，声音却有点冷：看不出你小小年纪，头脑还这么封建。我就不想结婚，我没觉得自己有什么可怜。人不是都活个自己吗？男人要是都靠得住，我们还要吃这碗饭做什么？

我说不出话来，觉出她有些不高兴了。我不知道我说错了什么，但就是说不出话了。

过了一会儿，我听见她说，小朋友，你该睡觉了。我们有业务规定，我们不能挂客人的电话。你挂吧。

我放下了电话。

她

我没有想到，他会跟我说起这个。这算是怎么一回事。

七姥跟我们说过，按旧俗，自梳女不能在娘家百年归老。有些自梳女名义上嫁给一个早已死去的男人，叫作"嫁鬼"或"嫁神主"，身后事才可以在男家办理，由男家后人拜祭。有些名义上嫁给一个男人，一世不与丈夫接近，宁愿给钱替丈夫"纳妾"。死后灵牌放在夫家，不致"孤魂无主"，这叫"守清白"。

我们镇沙头鹤岭有座冰玉堂，"文革"时候给毁过一次。后来重新修了，我上去看过。摆得密密麻麻的都是自梳女的灵位，有些上面还镶着照片。不知道为什么，看这些照片，都有些苦相。眼神也是清寡的，或许因为长久没有为男人动过心了吧。

老了都没有个靠。很可怜。

我心里颤了一下，来了这城市四年，我似乎真的没有对任何一个男人动过心。不是没有男人，是没有对男人动过心。或许这样，对这份职业是好的。这么多的男人，打过来，都是假意，也可能有一两个是真情。可是，如果跟他们假戏真做，人也就苦死了。

我想起了上次偷偷和一个"线友"见面的情形，苦笑了一下。那时候刚刚来一年，心还没有死。

说起来，翠姑婆比我幸福，为她的男人动过心，哪怕最后是个死。

小芸靠在沙发上睡着了。我走过去，给她身上盖了件外套。这孩子，昨天跟她的小老乡男朋友在台里大吵大闹。上个月的业务记录，又是台里最低的。练普通话有什么用呢。她这火暴脾气，是得改改了。我看着她的样子，还是孩子气得很。突然又有些羡慕她。年轻真好，脾气都是真的。

小芸是接俞娜的班。俞娜做了半年，就嫁了人，嫁给一个煤气公司的小主管。年纪却不小，顶败了一半了。俞娜走的时候，大家抱了哭成一团。俞娜后来又回来，抱着个刚满月的小女孩，在她结婚半年后。她跟那男人分居了。欢姐说，不是不想收留她。可是这工作时间不稳定，怕苦了孩子。

要是，高中毕业那年，我嫁给那个卖蛤蜊的男人，现在也该有一儿一女了吧。舅母说我是读书把脑壳读坏了。现在想来，她好像是有一点对的。

我坐下来，点起一支烟。其实我很少抽烟，怕毁嗓子。嗓子是我们吃饭靠的东西。我的嗓子本来就不是很好，有点沙。可是，有个客人跟我说，我的声音有味道，好像台湾的歌星蔡琴。

别人抽烟，是为了解乏。我抽烟，是因为睡不着。

德律风

这一天，丁小满没有来电话。

十一点三十分到十一点五十七分接到一个叫"欧文"的听众电话，约我见面，我好言好语打发他放了电话。一点五十八分到两点五十九分接到一个王姓听众的电话，标准男中音，挺好听，带点磁性。他说要和我探讨低地战略导弹和洲际导弹基地的建设问题。这实在是有些难为我了，抱歉地请他挂了。其实，我是喜欢读书人的，就是不大喜欢他们的迂劲儿。说起来，我弟明年就从技校毕业了，也算是个知识分子了吧。三点二十三分到三点三十分接到林姓小姐电话，湖南岳阳人。她想委托声讯台介绍男朋友。称自己芳龄二十五岁，中专文化，财会毕业，一百六十二公分，月薪两千元。

他一直没有来电话。

他再来电话，是在两天后。

当时，我就着冷水，在啃一个面包。一边啃，一边拿起听筒。我听到他怯怯的声音：阿琼姐。

我心里忽然漾起一阵暖。

我说，丁小满，那天，真对不起。

他不说话，很久才说，是我不好，惹你生气了。

我就笑了，我说，我不是气你，是气我自己的命。你知道么，我小时候，有人照周易卦过我的生辰八字，我这辈子注定劳苦，婚姻不利，刑子克女，六亲少靠。

他有些急地打断我，你别信这个，命都是能破掉的。

我在心里笑了笑，又凉下来。这乡下的男孩子，有一点纯。他也许是真正关心我的。

我说，你呢，这两天还好么？

他的声音有些沮丧。俺给俺妹寄的信，给退回来了，说是地址不详。俺还指望按这个地址给家里寄钱呢。

我说，你在信里写了些什么，是重要的事么？

他想一想，也重要，也不重要。

我说，怎么个重要法，能跟姐姐说说么？

他说，我念给你听听吧。我听到那边有窸窸窣窣的声音，然后却安静下来。我说，喂。

我听到他那边笑了，笑得有些憨。

我说，怎么了？

他轻轻地说，姐姐，俺觉得有点不大得劲儿。为什么有的话，写得出，却念不出来。

我说，是什么话呢？

他说，俺看你们城里人，写信前都要加个"亲爱的"。我也写了一个，可是想要念出来，怎么这么羞人呢。

我有些憋不住笑了。

他说，那我还是不念了。

我说，你从后面念吧。

他说，嗯。小妹，哥来了这一个多月了，想娘也想你。不知道你们好不好。哥怪好的。哥找到工作了，一个人每天看六个电视。你想李艳家里才一个电视，哥每天看六个。啥人要进哥工作的大楼，都要先进这电视才成。你说哥管不管？

你的书读得咋样了？快考高中了，要上县中得铆足了劲儿才成。你是咱家的女秀才。你还记得陈老师话不？咱村是要出大学生的。你上次跟俺说，班上的同学，有的报了技校，有的人要出去打工。你说，你也想出去看看。可是小妹，人得有大志向。哥就是因为上的学不够，到城里才知道有多难。学费的事，你别愁。有哥呢。娘年纪大了，眼神又不好。哥不在，你得多照顾娘。你上次问哥，在外头闯出名堂了，还回不回来。咋个能不回来？咱乡下人，最忌的就是忘本。哥不是跟你说好了，等有钱了，以后咱把后山缓坡的地承包下来，种上山楂。然后在村里开工厂，做山楂糕，销到省里去，销到外国去。咱娘的手艺就给留下来了。

对了，咱家的农药用完了。哥跟农业站的大李说好了。给咱留了两罐，你去跟他领。还有麦种，别贪便宜跟赵建民买。听人说，他那个有假。农业站的贵，可是有个靠。到底是政府的东西。还有，你跟娘说，针线盒子底下，压了去年收夏粮时候打的白条。去跟何婶问问，看乡里今年有没啥个说法。

你要是见到丫头姐，跟她说，俺哥在城里出息了。旁的都别说了。

听到这里，我心里一动。

我问他，你不想你妹出来打工？
他说，俺妹要上大学的。
我说，你对你妹就那么有信心？
他说，姐，俺也不知道。可是她留在家里，俺放心。俺村里出去的女子，要么不回来。回来的，都变了。看啥啥不上，穿得都跟城里人一样。村东赵建民的姐姐，一回来，就给家里盖了三层楼，那叫风光。可是人家说，她是去城里干那个的。
我心里"咯噔"了一下，但还是问他，干什么？
他吞吞吐吐，终于说，就是，跟男人睡觉换钱的。

这时候，丁小满突然声音紧张起来。他说，姐，我明天

德律风　269

再跟你说。

电话就断了。

他

看到那男人的时候,他正弯下腰,从怀里掏出一个报纸包。因为他戴了顶帽子,我瞅不见他的脸。他的身形,也是影影绰绰的,看不清高矮。这个监控器里头,是经理室后面的楼梯间。不常有人去的。除了防疫站的人来打药,要不就是我们叫来的搬家公司,要运大货物上去。

我拨了保安室的电话,没有人听。

我有点儿紧张了。看见那个人已经打开楼梯间的大门。俺思想不了太多,就跑出去。如果抄近路的话,从监控室到经理室,得要穿过整个演艺大厅,然后从包厢的长廊斜插过去。

演艺大厅这会儿正是人最多的时候,外面请来的演员正在台上反串表演。男不男女不女。底下就是一些男男女女,搂的搂抱的抱。舞池里头人多得像锅里下的饺子,全是人味。俺只好闭着眼睛一个劲儿地往里挤,突然有手在俺裆上摸了一把。一个女孩儿对我回头笑一下,转眼就不见了。好不容易到了包厢的走廊，已经一身大汗。这里安静了点儿。我紧步走过去。突然，听到房间里头，有女人大声喊叫起来。然后是男人的笑声和喘气声。女人也笑起来。我绷紧的心放下了，脸上有点发烧。

我从五楼下到了楼梯间，正和那个人对上眼。这人长了一双很苦的眼睛，眼角是耷拉下来的。他看到我，愣一愣，手里的报纸包紧了紧。我看到，地上有一两个烟头。

我说，你是什么人？

他抬起眼睛，看着我说，你不要管，俺是来讨公道的。你让黄学庆出来，俺是帮俺整个建筑队的弟兄讨公道的。

黄学庆是我们娱乐城的老板。

志哥跟我们说过，老板的生意做得很大。他也是城里几个大楼盘的承建商。我看过一个，那楼也是高得不见顶的，据说盖了好多年了。

我守在楼梯间的门口。他上前了一步，说，让我进去。

他人长得很老相，可是声音很后生。

我用胳膊挡了一下，说，你要见老板，就从前门进。

他冷笑了一下，说，前门是俺们这些人进得来的么？从去年底到现在，俺来了几回，让俺进过一回吗？上个月一个弟兄拼了命要进，给你们打残了半条命。

德律风　　271

我说，老乡……

他哼了一下，说，谁是你老乡，你们都是黄学庆的狗。你让俺进去，俺跟黄学庆说。

我让自己站得更直了些。他慢慢地把报纸包打开，从里面拿出个玻璃瓶子。我问，你这拿的是啥？

他不说话，拧开瓶子，脱了帽子，兜头浇下来。我闻到了一股子汽油味儿。我心里一紧，上去要拦他。他猛然退后了一步。

我也退了一步，我说，老乡，啥话不能好好说？

他的手停下来，掏出一只打火机。他眼睛闪了一闪，我看见有水流下来，混在了汽油里。他说，兄弟，看你样子不奸，是个厚道相。俺跟你说，话能好好说为啥不说？俺们从去年六月就等黄老板发工钱，都快一年了。谁家里不拖家带口，凡有一份容易，谁愿意走到这一步。

他垂下头，用袖口抹一下眼睛。我要走过去。他一时把打火机摁在手里，一时从怀里掏出另一个小瓶子。恨恨地说：俺把话说头里，是黄学庆把俺逼到这一步，俺不为难你。你放俺过去。要不这是孝敬黄学庆的，就带你一份儿。

我不知道瓶子里是啥东西，但我知道，只会比汽油烈性。

272

他把瓶子举得高了些。我压低了声音说，老乡，你这是何苦。

他眼神黯了一下，清楚地说，活都活不下去了，还管什么苦不苦。在乡下是苦，至少还有个活路。

我趁他一错神，扑了上去，要夺他手里的瓶子。他身子挣了一下，瓶子掉到了地上，碎了。里头的水溅到我裤子上。一阵烟，裤子上就是一个洞。小腿钻心地疼起来，像是给火燎了一样。我顾不上疼，抱住他，一边大声地叫喊起来。

志哥带我去医院包扎。回到娱乐城，正见着公安带了那人走。那人佝偻着身子，一步一挪。我心里一阵发揪。

志哥说，你小子好命。这么浓的硫酸，要是弄到脸上，这辈子就别想娶媳妇儿了。

一个保安过来，说，志哥，老板要见小满。

我们走进经理室。老板见着我"呼啦"一下站了起来。志哥让我过去。

老板笑一笑，摸摸我的脑袋：这孩子，可比看上去机灵多了。让他留在我身边吧。

志哥说，小满，老板提携。还不快谢谢老板。

我轻轻地说，俺不想去，俺还想留在监控室。

老板眼睛瞪一下，说，年轻人，不识抬举啊。

德律风　　273

我不敢正眼看他,话还是说出来了:老板,刚才那人,怪可怜的。他要是抓进去了……要不,你把欠他的钱,给他家里人吧。

志哥低低地说,小满……

老板有些发愣,身子陷进他的老板椅里。突然哈哈大笑起来,笑得人有些发毛。一边笑,一边说,好小子,好小子。

突然脸一沉,对旁边的人说,就照他说的做。

这时候门开了,李队灰头土脸地走进来。昨天他跟老林值班,两人赛着喝,到后半夜都醉得不成样子,电话响也没听见。

老板走到他跟前,很和气地看他一眼,然后说:酒醒了?

李队埋下头,没有话。

老板一个巴掌扇过去。

一巴掌扇得这胖子一个趔趄。

老板的声音变得冰凉冰凉的:再有下次,不是场子执笠①，就是你滚蛋。

晚上，志哥叫人给我送了台真的电视来，说是老板奖给我的。说正好晚上有香港的回归仪式看。电视是卡拉 OK 包厢换下来的，比李艳家的那个还大还清楚。我一个一个台看，心里欢喜得不得了。

我看着看着，心里想，得给阿琼姐打个电话了。

她

丁小满来电话的时候，台里只我一个人。

今天是七月一日。晚上转播香港回归仪式。欢姐说，应该没什么人来电话了。就留个人值班吧。我说，那就我吧。

香港要回归了，普天同庆。

丁小满来电话了。

---

① 粤语，指公司破产，关门。——编者注

我说，是你啊，在干吗？

他的声音有点儿兴奋，说，我看电视哪。

我就笑了，说，你不是天天都看电视？

他也笑了，说，这个，是真的电视呀。然后又沉默了一下，说，其实，你从来没问过我是干什么的。

我说，我们有业务规定。如果客人不说，不允许打听客人的职业。

他突然叫起来。哎呀，原来英国男的穿裙子啊。

我笑了，想他真是大惊小怪。我说，那大概是个苏格兰人吧。

他说，姐，一会儿就交接仪式啦。你看不？

我说，我们工作时不能看电视。

他说，哦，那俺说给你听吧。电视上说是烟火表演。真好看，比俺过年时候放的钻天猴儿好看多了。

他突然又叫起来。英国兵露腚蛋子啦，原来穿裙子没穿裤衩儿啊，哈哈哈。

他兴高采烈地跟我解说，我心里突然有了一种欢乐的感觉。多年后，当我随着一种叫作"自由行"的旅行团到了香港，看见了小满在那次电话里跟我描述英国人举行降旗仪式的地方。站在和平纪念碑前，想象着大风吹过的情景，其实应该是难过的。

小满渐渐觉得有些无趣。这仪式对他来说，是很枯燥的。他问我，姐姐，香港好吗？

我不知道该怎么回答他。

香港，与这个城市一河之隔。但是又远得很，陌生得很。我能想起来的，可能只是一两出电视剧。《射雕英雄传》《上海滩》《霍元甲》。小时候，觉得它就像外国一样。我穿的第一条牛仔裤，说是港版的。戴的第一个太阳镜，是在镇上买的，说是香港过来的走私货，被海关罚没的。中学的时候，班上男生有一阵神神花花地传一本杂志，后来给老师没收了。说是黄色刊物，是香港的《龙虎豹》。

我说，好。香港叫"东方之珠"。

他说，好，那咋一百年前，咱中国不要了呢？

这个问题我回答不了。他不等我回答，就又问，香港那么多外国人，是说外国话吗？

我说，说英国话，也说中国话。

小满说，姐，英国话，"电话"怎么说。

我说，telephone。

他重复了一下，舌头打着结，说不出。

我说，老早前上海也说英国话。中国人说不好，就说中国话的英国话，"电话"就叫"德律风"。

这回他轻轻爽爽地学了一次，又说了一遍。高兴起来，说，姐，俺也会说外国话了。

交接仪式是很漫长的。丁小满仍然认真而忠实地转述给我听。他说，现在是一个满脸苦相的外国人在台上说话。他是英国的王子。小满又加上了自己的观点，说，王子这么老，那国王不是年纪都大得不行了。等他当上了国王，还能干上几年啊？

在他看来，国王也是一种职业。

当电视里《国歌》奏响的时候，小满大声地跟着唱起来。他告诉我，他只会唱两首歌，一首是《国歌》，是陈老师教的。另一首是《信天游》。

以后，每到晚上的时候，小满就执着地给我"讲电视"。以他的理解，为我描述电视的画面，并且加上他自己的一些判断。电视剧里，他喜欢看的是武侠片，就给我讲《天龙八部》。他很欣赏乔峰的仗义，对他的爱情观念也很敬佩。相对而言，情种段誉在他的嘴里，简直就是个一无是处的小混混。但是为了照顾我的趣味，他也会看一些言情剧。但是每到出现类似三角关系或者第三者出现的情节时，他就会表现出难以克制的愤怒，骂骂咧咧起来。小满的解说是事无巨细的。在电视新闻与电视剧之间，有许多的商品广告。他会跟我描述他所看到的图像,然后在末了加上一句点评:都是诓人的。

就在这讲述中,我对小满的声音产生了一种奇怪的依赖。

是类似对亲人的。

小满有时候说累了,就把电话话筒放在电视机旁边,让电视的声响尽可能地传进我的耳朵。这时候,我听到很小的咀嚼的声音。

我问他,你在吃东西?

他说,姐,我饿了,我得吃点东西垫吧垫吧。

他把话筒放在嘴边,问我,姐,听见了吗?

我笑了,听见了,听见你唾吧嘴了。

他说,大堂吧剩的蛋糕,都给我了。

我问:好吃吗?

他说,好吃。就是有点凉。姐,你会做饭么?

我说,会。我做得最好的是"赛螃蟹"。

他说,姐,哪天你能做给我吃么?

我说,好。我做给你吃。

他在电话的那头无声地笑了。

这时候,我听见他轻轻地说,姐……你想和我过日子么？

我们都没有再说话，我仍然在听他吃东西的声音。还有电视的声音。一个女人在唱很悲伤的歌，声音沙哑。我知道，是一个电视剧又结束了。

就在这个月末，我拿到了业务统计报表。我的话务量是一万六千多分。是全台第一，奖金拿到了近三千块。阿丽用一种异样的眼神打量我。

我决定让丁小满不要再打过来了。

他

今天晚上，我看了一个电视节目，叫《幸福在哪里》。

说的是老两口的故事。老太太得了一种怪病，叫作"进行性骨化性肌炎"。得了这种病，全身都僵硬了，变成了一个木头人。老大爷就每天把老太太搬来搬去。吃饭、上厕所、去医院。老大爷也很老了，有七十多岁了。搬老太太搬得很吃力。但是他说他不累，是很好的体育锻炼。

他们走了很多医院，看了很多专家，都没有用。老太太只有眼睛和嘴巴还有手指头能动了。老先生给老伴儿发明了一个读报器，可以用手指头卷报纸看。老先生给老太太读书。老太太是个退休的中学老师，老大爷就给她读以前学生的作文。读着读着，老太太眼睛里头，突然亮一亮，眼泪从眼角流下来了。老大爷帮她擦眼泪，一边不好意思地向镜头笑笑，说，大丫儿，徐记者在这呢，哭啥？老太太眼球转动了一下，用很清楚的声音说，我哭，因为我觉着幸福。

  这个节目把我给看哭了。俺赶紧把眼泪给擦了，怕给人家看见。男子汉，不作兴哭哩。
  俺想把这个故事讲给阿琼姐听。怪感动的。

  晚上跟保安队的小郑和大全出去吃了麻辣烫。肚子老咕噜咕噜叫，跑了好几趟厕所啦。这不，又叫起来了。
  上厕所得下两层楼。到了门口刚想进去，听见有人说话。是李队。
  李队说，我知道你不会放过我，不过没想到你这么阴。
  要想人不知，除非己莫为。
  是志哥的声音。我心里揪起来。
  老李，你在演艺厅教手下的卖丸仔，这事是我压下来的。你有数，罢手吧。

德律风　281

李队"呵呵"地笑起来,你装什么好人。上个月我瞅见水箱里少了一袋粉,就知道有人做了手脚。八成也是你。

志哥没说话,李队说,你放手。

志哥说,是我,没错,那是给你一个教训。你是不知死,还是真傻。这玩意儿超过五十克就是个死。你死了十回了。

李队的声音,突然压得很低:上了这条道,还怕死么?都说人为财死。虾有虾道,蟹有蟹路。我比不过你裆里的二两肉,不想点儿别的营生,拿什么养活老婆孩子。

你说什么?志哥的声音好像从牙缝里进出来。

李队愣一愣,发出很奇怪的笑声。这笑声在厕所里传开,空荡荡的很瘆人。他说,路志远,你以为你现在红了。你和老板老婆那点儿事,别人不知道?你就是个男婊子。

突然有很沉闷的一声响。我闯进去,看见志哥把李队摁在地上,拳头狠狠地擂下来。地上有个塑料袋,摊着一摊白白的东西,好像洗衣粉。都混在脏水里头了。

志哥抬起头,看见我,一错神。李队使劲把他蹬开,从怀里抄出一把电工刀,栽到志哥的胳膊上。

志哥嚎叫了一声,撒了手。李队一步步地朝他挨上去。他后退了一步,脚下一滑,人一仰,后脑勺磕在洗手盆上。我看见志哥的身子顺着墙根儿慢慢地倒下来。

我不顾一切地冲过去，抱住了李队。他没有提防，摔在我身上，把我也压倒了。这么胖，压得我喘不过气来。电工刀也甩到一边去了。李队和我滚在了一起，李队掐住了我的脖子，我使劲地挣扎，胸口越来越憋闷。一股子腥臭气从嗓子眼儿里冒出来，让人想要吐。我的手在瓷砖地上使劲扒着，突然碰到了那把电工刀。我抓起来，猛地捅下去。

掐住我脖子的手，松开了。

我咳嗽着，推开了身上的人。他一动不动。我看着李队趴在地上，眼睛睁得大大的。嘴也张着，好像要喊什么。那把电工刀正插在他背上。保安服上是一大块紫颜色，那块紫越来越大地漫了开来。

厕所的水箱突然"哗啦"冲了一下水，吓了我一跳。然后是流水的声音，从来没有这么大。

志哥也躺在地上，一动不动。我过去推了他一下。他的头垂下来。

我站起来，一点点儿地往后退。

我不知道我是怎么回到监控室的。

我坐了一会儿，抓起电话，手好像上了弦，拨了那个熟悉的号码。

电话通了。

我心里一激灵,把电话挂掉了。

外面的天,黑得透透的。

她

几个公安走进来。

他们问我,你认识丁小满吗?

丁小满三天没有来电话了。

他们说,他们打出了亚马逊娱乐城监控室的电话一个月来的通话清单。唯一的外线电话,是打给我的。

对面的亚马逊娱乐城。

一个大胡子的男人对我说,丁小满最后一个电话是在七月十六日凌晨两点二十五分打来的。他有没有对你说什么?

我摇摇头。

男人的口气重了:你要明白事情的严重性。亚马逊娱乐城发生了一起凶杀案。丁小满是最大的嫌疑人,现在畏罪潜逃。

我说,他会去哪儿。

男人说,我们也想知道。

转眼间，大大小小的线路与仪器在我身边布满了。男人说，别紧张，这是电话定位追踪系统。我们估计丁小满还会打电话给你。你现在照常工作。到时候，你知道应该说什么。

仍然是各种各样的人打电话进来。但是，他们不知道，自己的每句话都在监控之下。他们仍然在电话里头，尽情暴露着自己。一个男人告诉我，他想和他的情人殉情，征求我的意见，哪种死法既无痛苦死相又最好看。一个老太太怀疑她的女儿和女婿在琢磨她的遗产，问我如果偷偷捐给红十字会，需要办什么手续。一个小姑娘告诉我她因为来月经受到了体育老师的嘲笑。她决定去教务处告他非礼用来惩罚这个自以为是的男人，虽然她其实暗恋过他。一个喝醉酒的男人，问我愿不愿意跟他在电话里做爱。他说他可以付费，给他个卡号让他把钱打过来。

我不动声色地将他们敷衍过去。

大胡子公安皱了皱眉头，说，你的业务够繁忙的。

到了午夜的时候，所有人都很疲惫，也包括我。

丁小满的电话是在凌晨三点打来的。

他说，姐……

德律风　　285

我说，小满，是你么?

大胡子公安一挥手，手下人立即戴上了耳机。定位仪的屏幕也开始闪动。

小满说，姐姐。

小满哭起来了。

我静静地听他哭。这哭声被仪器放大，在房间里回荡开来。

大胡子做手势，示意我说话。

我说，小满，别怕。

我的眼睛好像被什么击打了一下，有很热的水，从眼角流淌下来。

小满没有再哭，他也不再说话。突然，我听见他声音很清晰地说，姐姐，我想见你。

大胡子使劲地对我点头。

我说，对不起，我不想见你。

我将电话挂断了。

大胡子用几乎咆哮的声音说，你为什么不见他。你知道你说这句话的后果吗?

我从抽屉里抽出一张"员工须知"给他看。

公司有业务规定，不允许私下约见客人。

手下人将定位报告拿给大胡子看，来电所在地，是在城郊的一座肉联厂。

他

我很想，当我走出来的时候，那些人看着我。我突然喊起来，我想再打一个电话，可是，没有人理我。那个攥住我手的警察，好像很同情地看了我一眼，然后说：够了。

她

我再也没有等到他的电话。大约每次铃声响起的时候，我都会心里动一动。终于动得麻木了，只是例行公事地跳一跳了。